KB159349

사랑은
이제
막

태어난
것이니

사랑은
이제
막

태어난
것이니

장석 시집

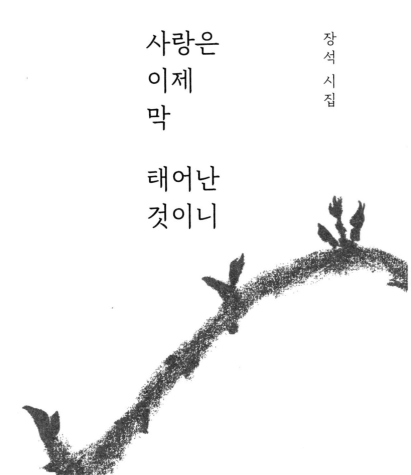

아내에게

차
례

1부

1부

서시

온몸으로 앉아 있는 바위

전신만신의 둥근 달

혼신을 다해 붉은 꽃

멍청한 돌부처

그리고 사랑은

세상에 이제 막 태어난 것이니

가을빛

스스로 켠 불로
너는 아름다워라

저녁의 은행나무
작은 별과
어디엔가 있는 지혜

경건하게 아름다워

사랑을 닮으며 자란 네 가슴
그 위로 달린 감에도 불 켜지고

가만하게 멀리서 보는 불빛

슬픔은
세상의 맨 나중이니

환하다

그 섬

아버지가 칼피스를 사주셨던
이층 다방은
남쪽 섬 작은 포구 맨 앞에
맏이처럼
앞니처럼 서 있었지

앞니 두 개 빠진 어린 나는
파란 바다도
유리잔에 든 하얀 파도 거품도
너무나 눈부셨다

어린 날들이
잔잔한 물결로
잘강잘강 흔들리고 있다

그물이 있다면
그날들을 고스란히 건져 올릴 수 있는데

두 손을 넣으면
그날의 시간이 들어 있는
칼피스 잔을 꺼낼 수 있는데

목말

나는 아버지 어깨 위로 올라갔다

세상천지가 내 것이었다
창경원의 기린도 내려다보이고
에베레스트 산에 오른 듯
숨가빴다

그 어깨에서
언제 내려왔던 것일까

세월이 떠미는 대로 걷다가
밥숟가락 맞아 벌리는
새끼들 입에서 눈을 떼지 못하다가
그대로 곧 잊고 말았다

신은 우리 삶을 어머니 배에서 내어
젖어 있는 어린 몸을
아버지 어깨 위에 널고는

세상의 햇빛과 바람으로 말리셨다

나무 위에서 내려가
초원을 걸어가며
두려움 속에서 새끼를 친
먼 조상들처럼
당신의 어깨에서 내려와
굽고 거친 세상의 길에서
나는 헤맵니다

아버지
다시 한 번 올려주세요 제 삶을요
윤기 흐르는 잎사귀를 헤쳐
가지에 매달린 제 유년을 만져보고

밤이면 당신과 함께
별을 헤아리고 싶어요

서랍 1

네 이름이 채송화라지

맨드라미처럼 웃고 서 있는 아이들 옆
담벼락 아래 앉아 있는
소녀에게 물었다
양지바른 작은 소녀에게

팔월이었고
대낮이었고
국민학교 이학년 때의
무척 수줍고 무섭기도 한 날이었다

서랍 2

그림자도
아무 소리도 없는 하얀 한낮

오전 내내 없어졌던 나는
울지도 못하고
삼학년 이반 교실을 향해
운동장을 가로질러 가고 있었다

도끼를 마음대로 휘두르는 싸나이
그 이름은 고재봉 성난 고재봉
조용히 노래 부르며 가고 있었다

빨간 맨드라미만이 듣고 있었다

서랍 3

실습실 안의 모든 풍금을 울려보고
창문을 빠져나오면 새집이 보였다

작은 조약돌 같은 새알

햇빛 아래서
아슬아슬한 삼층 위 좁은 창의 발코니에서
나는 위험한 전능자가 되어
깨뜨려볼까 집에 가져갈까

행당동 교대부국이 세 들어 있었고
지금은 덕수고등학교인 그곳
주위를 나는 새의 몇몇은
그 새알의 먼 후손들이다

개미집을 허물고 개미의 똥꼬를 핥고
나무 둥치의 구멍 안에서 박쥐를 끄집어내던

나이 어린 폭군은 때로는 자비하여
새알 대신 훔친 노래를
사랑하는 이에게 주곤 했는데

새의 노래를 듣고 싶은 마음이 없어지는 날
보고 싶은 마음이 생기지 않는 날이 오면

다시 아이가 되어
홈통을 타고 창턱을 딛고 위태롭게

작고 아름다운 것에 다가갈 일이다

서랍 4

할머니 무릎 베고 묻는다

죽는 거와 자는 게 뭐가 달라요

문 아주 조금 열어놓고 죽는 게
자는 거다
그 문틈배기로
이승의 냄새와 기척이 새어 들어와
다시 깨는 거지

할머니
나 방문 안 닫고 잘 거야

그대와 나 사이의
문틈

순천 외가 1

내 이름은 무엇일까
마른 풀은 아궁이 속에서
머리에 불이 붙고서야 궁리 멈추고

잔가지 따닥따닥 센 불땀
솥이 땀 흘린다

부엌문 밖
엄나무는 가시 세우고

복순이는 심란해 눈이 곤두섰다
내 부지깽이 장난에

그다음은 마당의 암탉
까닭도 모르고

이제 잡아라

이모가 간다

순천 외가 2

그날 순천의 낮 기온이
얼마나 올라갔으며
우체국 옆 은행나무 그늘도 지치고
어둠이 내린 뒤
승주 군청과 할아버지 상점 사이
큰길에서
달그림자 놀이를 할 때까지도
더위가 우리를 바싹 붙어
떠나지 않았다는 것을
잘 얘기하고 싶다

그래서
일곱 살인 제가 국도극장 앞에서
삼각 비닐봉지에 든 얼음물을
왜 사 먹지 않으면 안 되었나를
말씀드리고 싶다

붉디붉은 그 물을 서로 쏘아대서

철진이랑 나랑

옷에 온통 물감이 배어든 것은 빼고요

돈이 가게 서랍에서 나온 것도 빼고요

순천 외가 3

담양 할머니집
뒤안 가지밭에서
나를 외삼촌이 들어올려서
그런대로 여물어가던
나의 일곱 해 전 생애를 번쩍 들어올려서
잘 익은 가지를 보게 해주었는데

그때까지는
만나지도 않았고
미처 생각하지도 못했던
순천만 저 너머 한여름의 심해를
그 가지색 바다를
나는 덥석 한 입 깨물어버렸고
그때 햇빛은 참 눈부셨다

아직까지도 내 머릿속은
그 여름은
하얗고 환한 꽃으로 가득하다

외삼촌은
요즈음 머릿속에 빛을 많이 쏘이신다는데
폐에서 비롯된 병이
공연히 길을 잘못 잡아
그의 유년의 사진첩을 보려 하여서인가

병실에서 얘기하리라
청년의 외삼촌이
사라호 태풍의 물난리로
온통 잠긴 순천 시내의
거친 물살을 거슬러 갔듯이
이쪽으로 힘차게 헤엄쳐 오는 모습을
다시 보고 싶다고

신은 그 여름 가지밭에서
뜻밖에 어린 입에
손가락을 다치신 일을 기억하시고

나를 거들어주시리라

청년처럼
너는 다시 헤엄쳐 가거라

그리하여 여름날 저녁
담양 할머니는
저놈이 아직 안 갔다냐
복순아
애기 밥 멕여서 데려다주어라 하시고

그날 하루해는 어찌 그리 길었던지

지나간 날들은
마당 한쪽 석류나무 그늘처럼
성기고 참 짧기만 한데

순천 외가 4

순천 아랫장의 낮전에는
장꾼은 하나 햇볕은 셋
곡물상 짚광주리에는 오곡이 가득

장바닥에 떨어져 노랗게 웃고 있는
옥수수 한 알

전 존재를 빼버리고
남은 이빨 하나
잃어버린 나

장거리를 키 작게 걸어오는
국밥 냄새

순천 외가 5

화월당 앞에 서서

오래된 일이
빵 굽는 냄새처럼 그립다

물구나무 재주를 부리고 나면
할머니 벽장에서 누가사탕이 나왔고

솥에서 막 긁어 뜨거웠던 깐밥을
부엌의 복순이는 내게 주었지

이 세상은 이미
카스텔라를
마냥 사서 가지고 가기란 어려워졌다

할아버지의 태양상회와
향교 아래 담양집 사이

그날의 골목 안에서
꽃 같기도 하고
어린 열매 같기도 한 것을 달고
호박 넝쿨이 흙담을 덮고 있었고

오늘은
저녁노을 빛깔을 한 능소화가
담 아래로 내려오고 있다

가까운 화월당에도 가본 적이 없을
골목 어귀에 오래도록 서 있는
은행나무와 감나무에게
할머니와 복순이에게
카스텔라를 한 개씩 드린다면

할머니의 암술

원래 할머니로 태어나셨던 게 아니래

나를 만나려고 할머니꽃으로
다시 피신 거래

나는 할머니 암술을 만지며 컸어

내가 이롭 여듭이 되어 학교 가서는
머릿속에 한 모종삽씩
시멘트를 넣고 집에 돌아오면

어디 보자 강아지야
할머니는 귀지 파주시듯
옛이야기를 들려주시며

내 머리 안에서
어린 세상이
다시 꽃처럼 피고 지게 해주셨어

나도 마당의 나무도 모든 것들이
할머니보다 웃자랐어
우리가 밀물의 세상에 살기 때문이래

늙은 박으로
단단하고 주름 많은 호두로
할머니는 내 삶의 심방 안에 계시고

우리의 만수위 위로 달이 떴어

할머니가 처음 나를 보셨을 때처럼

그 환한 달빛 아래 강아지가
제 길을 가고 있는지

전후의 웅덩이에서 나도 돋았다

추석 앞두고
옹벽 위 비탈에 무성했던 덩굴을
제초기로 모두 베어내어
드러난 붉은 땅이 민망하였는데
어느덧 새 풀이 그곳을 다시 덮더라

종전 삼 년 후
아버지가 부탁하고
어머니가 받아들여
나도 포탄에 찢긴 땅을 덮는
한 포기 풀처럼 돋아났다

저 풀은
이 높은 아파트의 창밖으로
내려다보이는 푸른 풀은
누구의 부탁으로 씨 뿌려졌는가
누구의 허락으로 자라는가

절대로 덮이지도 채워지지도 않을
어둡고 깊은 삶의 구덩이는
바람의 부탁으로도
새의 주선으로도
신의 요구로도 헛된 그곳은

처박혀 사라진 것들의
목소리도 보이지 않고
눈빛의 메아리도 들려오지 않고
기척의 먼지조차 일지 않는
색도 형체도 없이
빈 우물과 동굴과 구덩이에

한 포기의 기억 같은 풀씨가 날아와
한 뼘 기도 같은 싹이 돋고
수줍은 웃음처럼 작은 꽃도 피고

전후에 돋아

다시 베일 때가 가까워

비탈 위에서 흔들리는 나처럼

편지

나는 아침 인사

산골짜기 시냇물
버들치의 헤엄에 뛰어드는

끊임없는 나무의 자람에 오르는
어리석은 사랑

비의 소리를 껴안고
포도에 내리는 젖은 남자

그대의 행진
참 가벼운 발걸음 옆의

안녕
나는 아침 인사

언덕에서

산수유꽃 언덕에 나도 피어
노랗게 바라보리라

아스라이 보이는 바다의 봄내
막 태어난 잔물결의 헤엄

가을이 오면 해풍을 보내다오
내 마음속의
붉고 붉은 열매들에게

그러면 나 후두둑 땅에 떨어져
비탈을 굴러 해변으로
하나는 가장 멀리 온 파도의 손아귀에

가을 바다도
조금 붉어지도록

해당화와 돌고래

나뭇잎 사이로 보이는 바다는
실개울로 반짝인다

벼랑 위에서 몸을 던지는
해당화 한 송이

수평선 쪽의 돌고래는
이 붉은 소리를 듣는가

꽃기름 번진 바다가
숲그늘로 들어간다

청보리밭

어린 구름이

아파트 베란다에 코를 대고
베고니아 화분을
오랫동안 바라보다가

산너머
청보리밭으로 갔다

청보리밭이었던 곳으로 갔다

발상표

나비잠을 자는 아기 맨등에
적는다

노래하듯이

네 생은 아가야

날아가듯이

2부

순천만 1

그대는
재두루미를
내가 접어 날려준 종이비행기인 양
눈부시게
올려다보네

바라보는 일 외엔
아무것도 아니라고

텅 비어 흔들리는
갈대처럼

숯

내가 숲이었다
젊은 참나무였다

톱은 단지
수피와 심재를 후벼 끊었을 뿐

나는 내 영혼을
드센 불의 정념에
적막의 시간에
의심 없는 어둠에 두어

이렇게 검게 빛나며
비어 있었다

어떤 인연이기에
빨갛게 이글거리는 눈을
다시 열어
당신의 영혼을 바라보는가

여름이 온다

정어리 떼와 더불어
여름 한철 살았으면

훌훌 벗어버리고 바다에 들어
윤무로 만드는 둥근 집 안으로 가
나도 손잡고 춤추며 푸르러지리라

천 마리가 모여서 된 색시와 짝을 이루어
빛나는 비린내 속에 몸을 섞으며
바다숲으로 찾아온 햇살 아래서
희고 푸른 그녀 몸의 비늘을 다듬어주리라

한여름을
필사의 속도로 도망치리라
오랫동안 잊고 살았던
엄습하는 공포를 피해
함께하는 두려움이 만드는
사랑의 힘으로

굴껍데기처럼
단호한 심장으로
굳은 연대의 악수처럼 단단한 몸으로
저 산호초를 돌아서
한 입 차이로 뒤쫓는 공포를 향해
불꽃을 일으키며 일제히 돌진하리라

여름 바다에 가면
비등하는 표층 아래
우리들이 함께 그어갔던
끊이지 않는 길고 긴 선을 찾아라
은빛으로 적었던
두려움과 사랑의 기록을

가을이 오면
파도 마루에 인광 빛나면

순은과 청금으로 치장한 여인들이
이윽고 내어놓은 알들의 밭에서
늙어버린 다리 사이로
나도 거품을 내어야 하는가

지켜주지도 못할
이어가지도 못할 인연은
시간의 물결에 흩어지리라

가을이 오면
가을 바다에 노을 가득하면

바다의 은박지

회를 한 점 집으려다가
병어 흰 살에 붙은
은박지를 보네
칼질을 살짝 피한
얇은 껍질 빛나네

내 시 한 줄에 입혀
가난한 평생을 빛내고 싶네

그대 눈길을 끌고 싶네
순결의 시선

초라하고 곤비했을 따름인
세상의 끝자락이
황홀하게
은빛 지느러미를 흔들며
바닷속으로
헤엄쳐 가게 하고 싶네

사랑, 바다에서

원래 저는 바다와는 별 상관이 없었어요

생선도 굴도 먹지 않았거든요

이 항구를 알고 또 당신을 안 이후

바다는 제가 태어나고 자라난

청보리밭의 한없이 벋은 이랑이구요

보세요 저 배가 쟁기질하는 푸른 고랑에서요

당신 젊은 날 무성했던

생각의 미역줄기들이 자라네요

딸아이의 고운 가르마처럼 보이기도 해요

인생은 천 뙈기의 밭 가운데

우리가 하룻낮 갈아댄 한 뙈기일 따름이에요

만 마리의 전갱이 떼가 지나갔을 때

어렵게 낚은 한 마리에 지나지 않지요

해가 더 높이 솟으면

바다는 전부가 황금이고 순은인데

우리 사랑을 그 위에 띄워요

연금술로 바다를 들끓게 해요

청혼

아름다웠고
사랑했으므로
푸른 밤바다에 목걸이를 늘여놓고는
그녀의 손을 이끌려고 왔으리라

바닷가 마을에서 온 불빛
먼저 온 별빛을 밀치며
작은 새인 양
진주알 위에 앉아본다

그 남자

자신의 청사진에
달빛으로 야경을 그리고는
밤바다에 발 담그어
내 생애로 들어와달라고

밀물로 다가가는
나를 안아달라고

사이

사람과 사람
사람과 섬
섬과 섬에는
사이가 있고

사이에는
내부와 내면보다
넓고 깊고
가고 싶고 보고 싶은 것들이
바람에 부푼 돛처럼

사이에는
바람이 있고
기도가 있고
그리움과 친밀함이 항해한다

사람과 사람을 합쳐버리면
섬과 섬을 이어버리면

세상은 쪼그라들고
사랑은 말라가며
섬의 동백나무는 시들 것이다

그리하니
사이여
모든 존재와
모든 관계와
모든 생각에서 풍부해져서

우리 삶을
공감으로 채우고
떠남과 다시 돌아옴 사이에서
부드러운 바람으로
늘 불어가게 하여다오

바람은

내게서 그대에게로
섬과 섬 사이로
불어간다

슬픈 이들은 늘 별을 바라보며

아주 멀리서 온다는 별빛은, 그중에서도 특별히
밝은 어떤 별빛은, 별이 부르짖는 우주적 함성이래
요 병상이나 제집의 자리 위에서 느리게 생애를 내
려놓는 것이 아니라, 은하수를 범람시키는 폭발과
함께 죽음을 맞는 별은 무량수에 이르렀던 자신 생
의 기억을 빛에 실어 보낸다는 거예요 빛은 기억의
우편배달부인 셈이지요

마음을 다해 진정으로 별들은 밤하늘에서 빛나잖
아요 성실과 오직 한결같은 책임감으로 그가 보낸
편지는 넓은 우주를 가로지르지요 몇억 년의 미친
것 같은 미칠 것 같은 깜깜한 세월을 빛은 달립니다
모든 금지를 넘어서요 누구에게로요? 온 생애에 걸
친 별의 기억을 담고 그렇게나 늦게 도착하는

편 지 의 수 신 인 은 요 ?

그들은 유월의 제 고향 밤바다로 들어갔다

태어났을 적부터 몸 담그었던 어머니의 바다였지만
기력이 다했고
고장의 자랑인 멸치를 담는 포대 안에 갇혀
집으로 헤엄쳐 돌아갈 수 없었다.

그 밤
우는 어머니가
아내와 자식들이
항구 위
밤하늘에 도착한 편지를 보았는지는 알 길이 없다

밀봉으로 와서 수취인에게 도장을 받는 등기가 아
니었기에
　마음이 닿는 만물이
　슬픔이 흐르는 마음이 올려다보았을 따름

　이틀 후 아침
　물결이 그들을 집 앞 바닷가로 데려갔고

이어 땅이 받아 품었다
태어났을 때의 처음과 같이

이 소식도 지금
저 먼 별 쪽으로 가고 있으리라

육십여 년 전의 유월 밤
멸치 포대 속의 한 사람이었던 한약방 창건이 선생
의 일을 이제는 자신이 별이 되어 먼 우주로 가고 있
는 박경리가 보내오는 별빛에서 읽었습니다 윤이상의
음악 속 바다 소리와 땅의 울림이 왜 가슴을 치는지
짐작해봅니다
그들 별들의 빛은 발로 땅을 꽝꽝 구르며 머리를 풀
어헤치고 울며 슬퍼하는 이들 위에 같이 울며 함께 슬
퍼하면서도 커다란 힘과 따뜻한 위안을 전해줍니다
그 별들도 또 언젠가는 힘차고 아름다운 이중주의
함성을 지르겠지요
악과 불의를 깡그리 날려버리면서요

차

그를 본다
그의 생각을 바라본다

더운 김이 피어오르는
푸른색 찻잔

몇 개의 계절이 담긴 찻잎
조금 전까지 끓던 세상의 조각

한 모금 마신다

어찌 이리 뜨겁게 오는가
나의 내부로
마치 고요인 양

사랑의 처음

맨 처음
질그릇에 물을 끓여
고단한 나그네에게 마시게 한 사람

뼈바늘로 가죽을 기워
내 먼 조상에게 입혀준 사람

당신의 얼굴과 눈을 보며
사랑을 나눈 사람

첫 숫눈은
끓는 바다에 내렸으리라

숲에서 새가
새로 배운 휘파람을 불었을 때

당신을 일으켜
등에 붙은 흙과 풀잎을 떼어주고

다시 안았던 사람

흰 잇바디와
입술과 혀가 함께 불렀던
서툰 노래

세상의 첫 아침
그 이전의 미지

노래와 사랑과 흰 눈
흰 눈 내리던 그대

사랑의 화염

이 시대의 사랑은 화염이리라

선의는 화산불로 드러나리라
환대는 용광로의 방에서 펼쳐지고
서로 손잡으면
타는 연기와 함께 약속이 각인되리라

그리움은 석탄불처럼 발갛게 타오르고
눈물도 땅 위에 모닥불로 피리라

모든 것 얼어붙은
이 사랑의 빙하 시대에

하늘도 언 밤에는
입김으로 별을 얼음에서 꺼내
마음의 불씨를 옮겨주리라

얼음 바다의

가장 깊은 해구 밑바닥
검은 바위처럼 움직이지 않는 심해어
그처럼 사랑은 숨어 있으리니

그때
우리가 던졌던 돌멩이처럼
우리가 피워 날렸던 화염처럼

노래는 다시 불타올라
얼어붙은 하늘과 바다를 녹이리라

사랑에 대하여

내 사랑의 온도 비록 미약하나
김치찌개는 끓일 수 있으리라

고기 한두 점도 없이
그대가 끓고 있을 따름인 냄비를
몇 숟갈 뜨고
나는 가망도 없는 싸움에 나서리라

정처 없는 것은
나무 몇 그루 어수룩한 시골의 작은 길이나
까마득한 높이가 그늘의 식민지를 경영하는 도시나
다를 바 없다

풍로의 석유는 다해가도
그대가 사랑의 입김을 불고 또 불어
마침내 끓여낸 김치찌개

가망이 없어도

시대가 착오라고 비웃어도
그늘로 들어가 그만 평강을 찾으라 권면해도

끓고 있는 냄비 속
숨 참고 기다려준
김치와 사랑의 비계 한 점

불볕에 서 있는 나무에게

너조차 그늘로 가버리면
네 그늘의 고마움을
누가 알겠나

우리 애비가
불지옥 지척에서
한 그릇의 밥을 빌고
우리 에미가
그 밥으로 꽃을 피우고
제 몸에서 겨우겨우 연 그늘에서
우리를 거둔 일을 생각한다

폭염은 세상을 덮고 있는데
나 네게로 가
불볕 속에서 그대 틔우고 길러갔던
생각과 질문의
그늘에 앉아
몹시 뜨겁고 재투성이였을

애비와 에미의 시간들을
추억하리라

멀리까지 퍼질 종소리처럼
아이들을 깨울 종소리처럼

목청 선선한 매미들도
오게 해다오

노래

아름다운 노래는
어느 여인들의 말로 불리는가

사랑의 기쁨을 노래하는가
슬픔에 잠긴 마음인가
기쁨도 슬픔도 모두 아름다운 일
하나는 피어오르고
하나는 잦아들면서
삶의 모닥불을 이루는 불꽃들

저토록 아름다운 노래가
어떤 여인의 모어에서 태어났을까

어느 새의 집에서 가져온 것일까
불을 훔쳤듯
새의 집을 털어 노래를 훔쳐
이 세상을 흐르게 하였구나

그대
나의 기쁨을 위한
재주 많은 손을 가졌으나
늘 가슴이 미어지는
벌을 받는 사람아

작은 새의 노랫말을 알려면
숲의 어떤 나뭇잎을 읽어야 하나
어디로 불어가는 바람의
소리를 들어야 하나

'너는 기쁨이고
때로는 슬픔이니
한 개의 씨앗에서 비롯되었고
이 노래의 일부이고
누구에게로 가는 여행의 한 걸음이니
아름답게 불타다가
놀랍게 꺼지거라'

새는 노래한다

나도 함께 노래하리니

라디오 앞
소쿠리에 담긴 채
귀를 크게 열고 있는 마른 버섯들처럼

깨진 기와

운 좋게도
나도 기와 한 장으로 구워져
여러 기와들과 일제히 엎드려
당신의 지붕이 되고

새가 물어오는 기쁜 소식은 들이고
바람과 빗물이 가져오는
춥고 축축한 소식은
결코 당신의 방으로 가지 못하도록

그러다가
새똥도 뒤집어쓰고
점점 딱딱해지는 등에서는
풀도 돋으리

나는 조금씩 금이 가다가
이윽고 와해되어 지붕을 떠나
담 밑에 흩어질 때

한소식 할 수 있을까

어떤 조각은 뒷간 쪽으로 구르고
한 조각은 아이가 멀리 날리고

세상의 가장 쓸모없는 것으로
가장 한가로이
푸른 하늘을 올려보며

어떤 소식과 질문들이
어떤 집으로 들어가고 또 나오고

이러한 이치의 깨진 조각을 듣는
당신 집 근처 뒹구는
기와 조각이면

나쁜 꿈

그가 나왔다는 소식을 들은 밤에

나는 그 문을 밀고 나오지 못했다
그 안에서 종생했다는 뜻이 아니라
그 안으로 들어가지 않았던 것이다

그늘이 내 잠 안에 수북했다

그럼 당신은 어디로 들어갔던 것이오

하지 않았다

날아온 새를
나뭇잎의 신호를
시냇물의 호각 소리를

보지 않았다 보지 않았다 듣지 않았다

소용돌이의 지휘를
어어이 부르는 소리를
나를 내려다보던 별빛을
뛰어가다가
넘어지다가
나를 보았던 네 눈빛을

따르지 않았다 듣지 않았다 보지 않았다

그들의 노래가
들판에 있었을 때
새가 내 방에까지 날아와
그 부탁을 지저귀었을 때
꽃이 정색을 하고 파랗게 피었을 때
내 발걸음은 어디를 헤맸던가

웅덩이에서 울고 있었을까

손아귀는 분주했으나 헛되고 헛되었다
웅덩이에서 벗어나려고
뿌리 얕게 내린 풀들을
부여잡았다
쥐어뜯었을 뿐
벗어나지 못했다

노래를
지저귐을
꽃을

듣지 않았다 듣지 않았다 보지 않았다

3부

어젯밤, 내가 하려 했던 이야기가
무엇이었는지 묻는 당신에게

어제 내렸던 눈에 대하여
눈이 내렸던 밤에 대하여
밤눈이 쌓이던 나무들에 대하여
나뭇가지 위에 머물게 된
눈에 대하여
당신에게 들려줄 이야기는

밤하늘에 가득 핀 흰 꽃잎들
달빛과 별빛이 묻은 소식들
땅에 내리는 대신
나뭇가지를 택한 희고 작은 방문자들
이 모든 것들이 연주되던 밤에

지상과 천상의 사이를 채우며
하염없이 끊임없이
내게 왔던
내가 만났던

내 머리 위와 콧등에 앉았던
따듯하게 차가웠고
녹으면서 분명해졌고
죽으면서 살아나던 사랑처럼
부유한 가난뱅이처럼
청년의 얼굴을 한 노인처럼
새처럼 뛰어가는
세월을 접영으로 헤엄치는
먼 길을 비행한 집배원처럼

그리고
눈송이처럼 내게 내렸던
어젯밤의 당신에 대한
길고
숨 막히게 빛났던 이야기이다

스물몇 개의 허락을 얻기 위해

현자와 바보에게
멀고 먼 이방으로 길 떠나는
늙은 족장에게
유형지로부터 귀향하는 유대인에게
다시 아우슈비츠에 갇힌 그에게

숲의 덤불에게
동굴 안의 붉은 들소들에게
화톳불 둘레의 바보와 현자에게

다른 섬으로 가는 밤배
배표를 쥐고 담배를 문 사내에게
올리브기름 같은 바다를 가르는 배들
달빛을 맞으며 기다리는 여인에게

온몸을 던지는 폭포에게
젖은 머리를 푼 미친 시간에게
나무에서 막 내려온 이에게

아프리카를 떠나는 총명인에게
동행하는 아직은 상상의 개에게

기차는 김을 뿜으며 카테리니로 떠나려는데
오지 않는 사람을 기다리는
애타는 여덟시에게

상관없이 번성하는 양치식물과
눈비와 안개와
우리의 입김인 허무에게

중들의 거처를 찾아
고립된 화두에게
레고로 조립한 성당과 예배집과

갈라파고스에서 만났던 일본인에게
운이 좋았던 장군과 불운한 병사에게

저녁 무렵 내리기 시작하는
흰 눈에게
눈에 갇힐 질문들에게

입을 닫은 굴에게
정어리와 청어와 먼 친척인
아프간 산의 청금석에게
그 빛을 띤 당신의 눈에게

오입쟁이에게
신기료장수에게
분주한 독수리와 하이에나에게
살인자와 재판관에게

먼 비행사인 나비와 새와
그리고
난파하는 배를 바라본다

그 안의 당신에게
그 안의 나에게
묻습니다

내가 노래해도 됩니까

지하철 정류장에서

교대역 환승통로 기둥 앞에
무너지는 검은 고목이 있었다

살고 싶어요
도와주세요
라고
인류가 오랜 세월 동안 수없이
타전했던 긴급통신문을

앙상한 가지의
엉성한 잎새 몇 장으로 달고 서 있는
다만 한 그루 고목으로 보이는 노인이
홀로 이루고 있는 기나긴 숲길을
용케 벗어났다

안경원숭이처럼
날쌔게 빠져나왔다

그따위 숲은
그슬려 있는 고목은
오래전 소멸해버린 고어에서
떨어져 뒹구는 한 장의 마른 잎은

저녁이 채 깊어가기도 전에
냉담의 시선과
바쁜 발걸음과
어쩌면 느닷없는 호각 소리에 쫓겨
소멸할 것이다

이것을 숲의 천이라 말할 수 있는가
우리 영혼의 천이라 말하자

지하도시에
불야성을 이루며 번성하는
우리 영혼의 침엽수림을 보아라

침엽수의 잎은 날카롭고 뾰죽하며
우리의 숲에는
먹이의 부족이 지천이다

지하도시 삶의 입구에서
비둘기와 비닐봉지가 날아오른다

지하철 삼호선과 이호선이 교차하는
그 숲길은 소멸했으리라

막장으로 향하는 긴 길을
굉음을 내며 달리는 전동차
귀를 닫고
스마트폰의 신탁과 계시에 눈을 박은 채

가늘게 한없이 가자

밤나무 숲으로부터

그 집의 위층에 누워
장년에 들어선 밤나무들의
어깨와 가슴패기 사이를 바라본다

팔월의 햇볕이
두터운 밤나무 잎을 제치고
어린 밤송이에 닿아
막 생기기 시작하는 귀에 입을 대고
심장으로 불어넣는 주문을
바라본다

생각나는가 나는
대학로 학림다방 이층의 변소에서
창밖의 양버즘나무가
내가 옆구리에 끼고 있던 그 책을
한번 보자고
언 가지에 달린 마른 손을 내밀던
겨울 초입의 쓸쓸한 밤을

뻐걱이는 나무계단을 내려가
찬바람에 흔들리는 나무에게로 가

나의 책을 열고
어두운 밤을 펼치고
동숭동 할머니집에서
막걸리에 따라 나왔던 김치 국물이
핏자국처럼 묻어 있는 책장에
못박혀 있는 글자들
포박되어 있는 외침들을
가로등의 불빛 아래로 호명하며
나는
그의 밑동에 기대어 주저앉았다

겨울은 봄을 향하여
봄은 이 여름으로
단지 뱀처럼 오랫동안 기어갔던 것은

아닐 터이다

왕과 병사의 행렬이거나
비참한 이들의 유랑이거나
모든 긴 대열에는
상인과 시인도 있기 마련이어서
나도 어느 줄인가를 따라 걸어갔다

이마 번쩍이는 바위산을 돌고
거대한 숲을 통과하고
사막과 초원과 바닷가 염전을 지나
밤나무 숲의 여름에 와 있다

밤나무들의 가슴과 옆구리에
그리고 힘센 팔에
열매처럼 달린 저 작은 책들을
좀처럼 열리지 않는 책들을
가시 돋힌 책장을

손가락에 피를 흘리며 열어 읽는다면
나는 알 수 있을까

그 겨울을
이어 왔었던 봄을
이곳에 이르기까지의 모든 계절을

학림다방에는 여전히
평균율이 빛과 먼지 사이로 흐르고

나는 나무계단을 올라
변소 옆 창문 밖에
다시 청년으로 서 있는 나무에게
푸른 옷을 입고 있는 그에게
낮과 밤에 걸쳐 쓴
한 권의 시집을 건네주리라

몽돌 위의 그림자

몽돌이 낸 그림자가 아니라
검고 둥근 몽돌 위에 드리운
더 검고 작은 그림자에 대해 이야기한다

태양에서 출발하여
작은 아이를 거쳐 몽돌에게 다다른
검고 작은 존재에 대해 이야기한다

슬픔의 그림자를 가진 기쁨과
기쁨의 그림자를 가진 슬픔에 대해서

내가 보냈던 시간은
기쁨이었으나 슬픈 그림자가 항상 있었고
지금 나는 슬프나
내 그림자는 기쁘게 웃고 있기도 하다

펜션과 모텔이 이룬 거미줄을 헤치고
석양에 이르러 찾은 해변에서

검고 혹은 흰 숱한 몽돌들이
바다를 한결같이 바라보며
조용히 합창을 하고 있는 이 해변에서

내 작은 아이가 그때
다섯 개의 몽돌 위에 내려놓았던
검은 햇빛의 무늬
또는 바람이 실어온 소리
바다 쪽으로부터 왔던 냄새

그리고 무엇보다도
그 아이가 가졌던
슬픈 그림자의 기쁨을
멀리에서 온 밀물이 거품을 내며 덮는 것을
나는 바라본다
기쁜 그림자를 드리운 슬픔 속에서

붉은색이 짙어지는
석양 속에서

화엄제

발자국마다 핀다는 꽃길 따라

노래의 기원을 찾아 우리는 간다

우리 본성의 어머니가
동굴 안에서
숲속에서
불러주던 노래가 가을밤에 들린다

오늘 밤은
머리에 어깨에 쌓이는 달빛만으로도
모두가 부요하다

험한 바다 긴 뱃길
늘 부처 만나지 못하다가

작은 새의 노래 가운데 그를 문득 보니
세 개의 등잔을 들고

당신에게 가는 여인

밤하늘도 세 개의 별을
손바닥 위에 올린다

석탑을 오르는 고양이의
그림자는 누가 막을까

우리도 가진 것이라고는
다만 성긴 그림자

노래는 온 밤하늘로 오르고

박수를 터뜨리며 옆을 보니

우리는
자신의 그림자와 싸우던 이였을 뿐

꽃이 참 좋았다
그리하여 꽃은 지리니

잎은 그리도 무성하였다
이제 가을로 내려가리니

이 밤

어머니의 노래와
우리가 시작했던 시절의 소리를

저 달은 원만하여 즐겁게 공양하나니

그대가 산으로 오르는
첫 기차를 타려면

새벽이 어느새 승강장에 도착해 있는지
미처 알아채지 못했다

계곡으로는 산안개가 흐르고
피어오르는 물보라는
마가목 꽃처럼 하얗다

화엄사 계곡을 따라서
노고단으로 오르는 기차는
새벽안개와 자신이 뿜는 증기 속에서
염불하며 멈추어 있다

나무뿌리에 덮이고 땅에 묻힌 선로를
미처 다 지우지 못하고 있다

지붕 처마만 보이는 역사
각황전 안의 귀와 손이 큰 부처에게
해탈로 가는 차표를 끊는다

기차가 출발하는 승강장이 어디인가

도솔암 쪽일지 모르겠습니다
얼굴을 씻은 목소리가 들린다
하얀 꽃이다

이 꽃은 나를 다시 바라보겠지
붉은 열매 같은 눈으로
구름이 노을을 만나는 가을 저녁에

승객들은 여름내 다 타버린 집에서 나와
계곡을 내려오는 단풍을 따라오거나
산 위로 오르는 바람을 좇아와
다시 불타기 시작하는 산자락
절 마당의 돌계단참에 모여 앉는다

손을 모아 종소리를 만들고

더러는 가슴을 두드려 북소리를 내고
마른 물고기는 입을 벌리고
구리에 갇혀 있던 구름도 피어오르면

세상은 하나의 꽃이었는가

가을밤 달빛 아래 피는 노래 한 송이

천지로부터

나는 백두산의 아침이다
천지에서 피어오르는 일곱시다

수면의 눈꺼풀이고
빛나기 시작하는 것들의 에미다

숲에는 비가 내린다

마지막 눈이 녹아
유월 말에서 칠월 초로 흐른다

겨울에 얼지 않았다면
강물은 어찌 다시 흐르랴

나를 굽어보는 그대
나의 기슭으로 모난 자갈을 차서 굴리게
나의 아침에 마음을 담그게

산 아래의 그대
올려다보시길
쏟아지는 폭포의 내 이야기를

이 땅의 모든 손들이
나를 떠서 두 손바닥에 모아 담는다

언제나 나는
백두산의 아침이면서
이제껏 있었던 모든 이들의 자식이고

다시
천지에 돌아오는 붉은 노을이어서
앞으로 있을
모든 것들의 에미 애비다

그믐달

네가 이지러져 있는 것이다
마음의 그믐은 그치고
분홍빛 아기 손톱처럼
다시 자라나거라

암록의 밤하늘에 퍼지는
보름달의 그 흐뭇한 빛

진화론 1

아침

창밖 나무바닥 위로
낙엽
참새처럼 날아와 앉는다

여러 차례 이어지는 비행 연습

간혹
생을 마친 새가
낙엽이 되어
마르게 날기도 한다

진화론 2

오후

계단에
고양이 앞발이 올라와 있었다

나무계단을
검은 그림자가
고양이의 손인 양 긁었다

나뭇잎의 그림자가

오늘이 아니면
이 생애에 더는 기회가 없다고

달밤

고양이는 두 주 전
짧게 깎은 손톱 모양의 초승달이 있었던
밤하늘을 정확하게 가리켰다

조금 떨어진 곳에서
이제는 만삭이 된 금빛 얼굴의 달이
그래 틀림없다고
자신이 아주 어려서 있었던 곳이
바로 거기가 틀림없다고
여물기 시작한 밤을 많이 달고 있는
저 나무 위가 맞다고

두드리는가 미는가

한밤중 문소리

아주 작게 두드리는 소리
아닌가
조용히 미는 소리

어둠을 걸어가
빛 새는 문을 키우니
한가득 달

달빛이 문을 두드리다
밤을 조금 밀었네

달과 혼인하다

아내의 얼굴을 만지면
아직 달빛이 묻어난다

달나라 친정에
다녀온 지가 언제인가

언젠가는
낙엽이 되어가는 손으로
아내의 얼굴을 감싸면
호두를 쥔 것처럼 느껴지리라

삶은 반질반질 단호하게
호두알처럼 여물고
그 속을 보기란
맛보기란 여간 어렵지 않다

이제 부스러지고 있는 것은
죄를 많이도 쥐곤 했던 내 손과

손아귀의 호두알처럼 굴렸던 시간들과

봄밤에 퍼지는 달빛

불타는 집

오늘은 가을이고

불타는 집 안에 있습니다

입 벌린 아궁이에서 넘어왔을까요
장판의 둘레와
문풍지의 가장자리에서 일던 어린 불은
이내 지붕 위까지 올라가
집의 심장을 태우고
우물도 다 마셔버렸습니다

세상의 고뇌를
불타는 집이라고 하였습니까

집은 내 몸과 생각이
세상과 경계를 이루는 곳입니다
짐승에서 벗어나 집을 얻었으나
고뇌로 인하여

또 집이 불탑니다

내 집의 불이
내 몸과 생각에 옮겨 붙고
재로 변하기까지의 시간 동안

불로 끓였던 차 한 잔
불로 데웠던 사랑
사랑이 내게 주었던 여러 가지들을
다시 꺼내보고
함께 태웁니다

기억의 사리 한 과를
재 안에 심습니다

불타는 집에서 머물지 말고
어서 나오라고 하십니까
나온들 세상이 다 타고 있는데

그대도 불타고 있는데
모든 지나가는 시간들은
재로 덮이는데

아름다웠던 것들과 빛나던 것들을
나와 함께 태워
가을빛에 보태고
익어가는 감의 색깔을 만들고
사랑으로 가는
향을 피워 올리겠습니다

이제 불이 제 집을 다 채웠습니다
제 마음도 채웠습니다

심화 속에서
가을을 바라봅니다
불타는 가을 속에서
타오르는 그대를 봅니다

가을은
모든 세상에 대한 감사함으로 가득하고
그 위로 그리움의 불꽃이
눈을 감습니다

낙엽 타는 냄새로 조금만 더 머뭅니다
이 세상의 마당에

코스모스와 불꽃

소녀로 자란 코스모스가
마당을 가로질러
창 안의 등잔 꽃받침 위에 핀
불꽃을 보았습니다

가을의 빛과 어둠이 섞이는
마법과도 같은 저녁 시간에
춤추기 시작하는
불타는 꽃을 본 것입니다

저 꽃은 어디에서 왔을까
코스모스는 흔들립니다
구름이 가을 하늘에
일고 또 흩어집니다

알 수 없는 손이 코스모스를
켰다가 끄곤 하듯
방 주인의 손이

불꽃을 피웠다가 저물게 합니다

가을의 끝은
모든 흔들리는 것들을
코스모스의 푸른 줄기를
시들게 하고
한 알의 씨로 땅 위에 올려놓습니다

불꽃은
말라가는 대지 위의 저녁과
얼어붙어 있는 세상의 밤에서
죽은 꽃들과
숨은 꽃들과 헛된 꽃들을 바라봅니다

누가 불꽃을 피웁니까
누가 또다시
코스모스를 켰습니까

작은 씨는 제 자궁과 심장과 피부를 찢고
온 겨울의 거미줄을 걷어
놀랍게도 하나의 우주를
접시저울 위에 올려놓습니다
몇 근이나 달렸나요

바늘은 저 별을 가리키고
지축은 조금 기웁니다

그리고 이제
불꽃은 노을로 번졌습니다

마법과도 같은
가을의 이 저녁에

상속 유언

당신에게는 십일월을 드리겠다

붉은 담쟁이는 담에 붙어
떠나가는 것들을 맹렬히 추모하고

은행나무가 켰던 노랑 종이등도
하나씩 불 꺼져 바람에 날린다

십일월은 이제 모든 치장을 지우고
자신의 두 다리로 걸어갈 수 있는 길의 끝을
오래도록 바라보고 있다

당신 이제 그에게로 가
나의 작별 인사를 전해주시고
멀리멀리 함께 걸어가시길

길에는 마지막 악수를 마친 손들이
떨어져 말라가고

십일월밖에는 드릴 것이 없는 나는
넉넉한 전대 대신
허전한 들판의 서리와 이른 첫눈이나마
당신에게 물려드리려 한다

그러니 당신
대추와 도토리 몇 알만을 가지고
벌써 남루해지는 붉은 옷과
이미 꺼지기 시작하는 등불을 든
십일월의 손을 잡고 길 떠나시길

어느 인생에도
어김없이 깊은 밤과
밤새 이어지는 폭설이 있어
소식과 기억의 길 끊어지리니

십일월을 잘 부탁해요
그대

불타는 사람

한 노인
가을볕 받으며 나무의자에 앉아
담배 연기 같은 생각을 피우다가
불붙었네
붉은 낙엽이 타오르네

어린 불은
곧 소년과 청년의 불로 거세게 자라나고
그 불길 속에서
노인도 청년이 되는구나
머리카락은 환히 흩날리고
몸이 펴지고
주름은 다려져
빛나는 활기의 청년이 되는구나

가을 속의 모든 수명은 잠깐이라
불꽃도 그도 청춘도
곧 사그라들어

다시 꺼지고
마르고 바스락거리고

세상에는 불탄 냄새의 자취도 없이

붉은 낙엽 위에
인자한 주름이 자글자글한
가을 햇볕이 가득하다

가을을 움직이는 그대

내 가슴에 밀물로 들어온 것은
그대인가
가을인가

심장이 또 잠겼네
어느 방에선가 불꽃이 일고
모든 것들이 속도를 늦추는 계절에서
나는 숨가쁘고 많이 흔들린다

햇살과 비보라처럼 쏟아지는 낙엽이
시야를 가려
눈먼 이처럼 비틀거리며
성글게 풀리며
말라가는 풀처럼

이윽고
그대와 가을이
썰물처럼 내게서 물러가버리면

타버린 심장과 말라붙은 허파꽈리와
굴껍데기 한 개 남아
한 두어 번 맥이 있다가

석양이 이끄는 대로
들을 지나며 회한을 묻고
강을 건너며
기억을 강물에게 돌려주고

해그림자가 붉은빛을 띠고
소나무 그늘이 고요히 저물 무렵

나는
가슴에 담긴 모든 별빛을 끄겠다
이제는
마르고 비어 잘 헛되어졌으니

그대는
저 작은 언덕을 헐어
나를 덮어주고
길 가시기를

가을 노래

우리는 신의 악보다
지독한 사랑에서 나오는 노래

나는 신이 펴낸 시집의 한 장이다
간절히 쓴 슬프고 아름다운 노래

들어보아라
깊은 가을밤
은하수 흐르는 소리와 나의 노래를

더욱 먼 별들 사이에서
이리로 오는 그대의 노래

최초의 사람과
최후의 사람이 함께 부르는 이중창

가을밤
어둠 속에서 반짝이는 노래다

노을

나는 이 세상의 작은 아이여서

골목 안에서 햇볕이 꺼져가면
큰길까지 나가
근교의 산너머로
붉고 또 슬픈 노을이
하늘을 물들이는 것을 보았다

그런 날 밤이면
잠 속에서 나는 조금씩 자라곤 했다
바다에 퍼붓는 눈이
어떤 밤 싸락싸락 해저에까지 내리듯이

나는 여전히 이 세상의
작고 작은 아이이지만

신이 조금씩 뿌리는
시간의 소금과 후추를 많이 뒤집어써

이제는 몸도 목소리도 메말라버린
아이여서

오늘 나의 골목은
하루의 어떤 때에나 햇볕이 가늘고
마치 내 성긴 머리카락마냥

이제라도 곧
집으로 그만 돌아오라는 목소리가 들릴 듯하다
어머니인지
그이의 것인지

자칫하면 저 산너머로 펼쳐지는
붉고 슬픈 노을도
다시 못 보고

이 세상의 작은 아이인 채로

꽃 사시오

나는 다음 생애에서는
꽃을 팔리라
시든 꽃을 팔리라

살을 에는
치타의 역전에서
시들고 언 꽃을 팔리라

내 눈길을 팔고
노래를 팔고
손가락과 발가락과
심장을 팔며 살다

시든 꽃을 산 당신에게
내 이승을 가져간다는
당신에게

겨울에 이어 오는 봄을

봄에 오는 그 꽃을
다시 핀 꽃
싱싱한 꽃을

덤으로 드리리라

앎의 즐거움 1

내가 그대를 사랑한다고 말하고

다시 유리의 방에 들어가
여러 개의 유리에 비치는 모든 내가
앞모습과 옆얼굴과 뒤통수까지
그대를 일관되게 사랑한다고 말한다면

나를 만화경 안에 넣고 돌리며 들여다보면
반짝이는 무늬로 끝없이 변하겠지만
모두 다 그대를 사랑하는 것이 분명하다면

나는 두 가지를 아는 사람이다
죽음을 아는 사람이고
사랑을 아는 사람이다

신에게 꼭 기억해달라고 할
한 사람을 아는 사람이다

앎의 즐거움 2

늦은 오후의 햇살이
고속도로가 지나가면서
머리카락이 성겨진 앞산의 정수리를
빗질하는 것을 바라보며
나는 안다

차에 치인 삶이 몸을 버리고 숲으로 갈 때
누구의 손이 종소리를 보내는지

삶에 일몰이 밀물로 와
시야가 노을처럼 붉어지면
나는 안다

숲이나 숲 밖이나
모든 것들은 다른 것들에 기대어 있고

햇빛의 빗질을 받으며
그가 보내는 종소리를 함께 들으며

우리는 서로 기대어 있고

그러나 자칫
지나치게 빠른 것들로 인해
길 위에서 받혀 쓰러질 수도 있음을

저녁이여
전조등을 켜고 느지막이 오시길
돌아오지 못한 것들이 사뭇 있으니

새 집

집을 지었다
쇠못이 나무판자에 들어가
빈틈없이 껴안고 있다

못도 새 못이고
나무도 싱싱하고 젊은 냄새가 난다

오래 잘살아라
흔들림 없이

내가 먼저 녹슬어
무뎌진 못으로나마
미지의 어둠으로 몸을 넣어보리다

집은 오래도록
안에 두고 기를 게 있으리라

온기와 소란과 밝음과 어둠

밥 냄새와 성애의 자국
마르고 있는 빨래와 빨 수 없는 과오
울음과 웃음
서정과 서사

그리하다가 새 집이여
이야기의 끝을 잘 맺어라

녹슨 못들과 뒤틀린 나무판자
깨진 기왓장과 무너진 내장들

이윽고 다시
무명으로 가는 길의 숲으로

우리 마을의 이웃집 아이

언젠가는 학교에서 있었던 일로
큰 슬픔에 빠질 저 아이의
코를 닦아주고 손을 잡아주리라

세상과 아름답게 뒤엉키기를
기도하리라

나무 그늘 아래에서
시를 읽어주면서
우리 세상은 악수와 씨름과
여러 씨앗과 묘목이 만드는 숲임을
이야기해주리라

집과 집 사이로 난 좁은 길에서
어두운 밤
사랑하는 이와 입맞춤을 하며
몸을 떠는 그를 보리라

저 아이는
어느 날 앓아누워 있는 나에게
시를 읽어주리라

세상을 부여잡고 있는
내 마른 손아귀를 풀어주며
아름다운 작별에 대해
전승되어 내려오는 지혜에 대해
내게 알려주리라

그리고 언젠가는
나는 저 아이의 혼례 소식을 듣고
그는 나의 장례에 오리라

나는 그가 문을 여는 것을
그는 내가 문을 닫는 것을

우리는 서로를 보리라

같은 구름 아래

나무 그늘 아래

저 산봉우리의 품 안에서

이제 막 책을 펴낸 그대에게

정류장에서
그대의 책을 읽네
아침 햇살도 새 책의 글자들을 만지네

이윽고 마을버스가 도착해
책을 내 가슴팍의 갈비뼈 사이에 꽂고

나는 이 가을의 첫번째 역으로 가며
신이 이제 이 세상에서
마음을 거두는 소리를 듣네

아주 곱게 바스라지는
가을 햇살의 눈부신 이별 노래를 듣네

그대는 어떤 추수를 하였는가

황금의 벼와 희게 빛나는 밀과
다음의 운명에 대해 말하는 이빨의 옥수수와

붉은 사과의 심장과
검푸른 유혹을 매단 포도나무

그리고 막 익은 술

그대의 책의 처음 문장들은 서서히 녹아
지하철 안에 서 있는
나의 심장 안으로 흘러들어와

이 도시에서
이 도시의 가을에서
나는 어떤 수확을 거두었는지

붉은 피로는 어떤 글자를 적었고
푸른 피로는 어느 기호를 썼는지

심방을 더듬으며
들여다보네

4부

여행

해변에서 조약돌 틈의 시간을 줍고

봄 언덕 쑥과 시금치 위로 내리는
금빛을 모읍니다

비행기표와 기차표와 배표를 사고
가슴에 지도를 그리고
속옷과 비누와
허공에 내던져도 좋을 책 한 권

집 밖을 나서
나와 이별하며
열쇠를 아무런 손도 오지 않을 곳에 감추고

그리고
멀리 그대에게 가는 것입니다
그대의 숲으로요

벌써 내 얼굴과 등짝은 푸르러집니다

새로운 별에 도착한 사람처럼

나는 선물 같은 시간이 매달려 있는
무인도의 해변 길 나무 아래를 걷습니다

이 마법의 순간을 재보려고
손목에 찬 시계를 보고
또 해와 나무 그림자의 시간을 봅니다

몇만 시간의 시차를 깨닫습니다

조약돌을 들춰봅니다
그 아래 또 그 아래
지금도 일곱 개의 바다를 오가는 파도의
아주 오랜 조상들이 열었던 길

그 길은
내가 오기 전 시간을 모았던
나의 해변의 조약돌 아래 구멍과 통하고

오 센티미터 아래
가슴 안에 둔 잠긴 심장도 보이는 듯합니다

나는 멀리 와 있습니다
비행기를 타고 기차와 배를 타고
시차가 많은 새 별에 와 있습니다

제 마음 안으로 가는 것처럼
멀리 왔습니다
바람에 풀 한 포기 이쪽에서 저쪽으로
흔들리는 것처럼

내가 그대를 생각하고
그리움을 보내듯 그렇게 멀리요

스페인의 시골 마을

아디오스

굽은 길의 모퉁이
나무 아래의 작은 그늘
칠월의 금빛에서 빠져나온 냄새들

그리고 작은 새
작은 새의 아기 새

새에서 막 진화한 소녀들
숲으로 날아오듯 이곳으로 올라와
차 안을 푸른 숲으로 만들고

나는 숲에서 나와 다시 길에 서서
시골 마을의 정류장에서

몸 일으켜 빛을 털어내고
모퉁이를 돌아 사라져가는
버스를 닮은 큰 짐승을 바라본다

기차역 매표소

매표원과 손님이 십 분이 넘도록 얘기를 나눈다
이마를 맞대고 함께 무엇을 들여다보기도 하고
손으로 기차역 밖의 어느 곳을 가리키다가
다시 서로의 눈을 바라본다

깊은 상담 중이다

한 장의 기차표를 끊어주기 위하여
집안의 할아버지들과 그들의 자식들이
황금과 이름과 자신의 신을 위해
뱃머리로 바다의 살을 길게 베면서 떠난 이래의
그리고 그 벌어진 상처에
은과 후추와 사람의 피와 기도를 부으며 다닌 이래의
그의 삶의 이력을 알아야 하는가 보다

당신의 성인들은 신부와 수녀님은
먼 곳과 가까운 곳의 친척들은
우리 역사의 영광과 과오를 어떻게 얘기하나요

세월은 당신을 어떻게 흘러가나요
산 자와 또 망자와는 잘 지내나요
당신의 섹스와 생리와 정념은
아픈 곳이나 요즈음 주머니 사정은
기니와 볼리비아 그리고 한반도 정세에 대한 견해는

어 떠 신 가 요

나는 이해한다
충분히 오래 인내를 가지고 내 차례를 기다리겠다

이곳 사람들은
기차표 끊는 일과
점심으로 무엇을 먹을 것인가에 이르러서도
오랫동안 충분히
자신들이 지난 세월 세상에
해왔던 바를 생각해야 한다는 것을

이해하고 동의하고 지지하며
기다린다
그들의 세월없이 이어지는 깊은 상담을

그리고
이윽고 돈을 건네고 표를 받은 그가

한 사람의 스페인 시민이
천천히 매표소 창구의 의자에서
몸을 일으키는 것을 본다

점집

숲이 사라지기 전에
계곡의 물이 마르기 전에
내 눈이 멀기 전에

산으로 오르는 계곡 어귀에
작은 움막 하나 지어
새점과 거북점을 치는 집을 열리다

세차게 흘러 내려가는 운명을 거슬러 와
한 마디를 쥐어보려는 사람을 앉혀
거북이가 봤던 그의 어제
새가 볼 그의 내일을 말해주고
한 됫박의 보리쌀을 얻으리다

내 눈이 멀어갈수록
점괘는 더욱 분명히 말하기 시작하리

바다에서 옮겨온 돌을

그의 꿈의 지붕 위에 얹어주고
하루를 더 살아라
노래하는 새처럼 집으로 보내리다

산이 숲을 낳지 못하고
숲이 계곡의 물을 낳지 못하고
새도 거북도 떠나고
찾아오는 한 사람도 없어지기 전에

내일이 없어지기 전에
고통도 꿈도 다 멸종하기 전에

점집을 열리다

밧줄 묶는 사람

비너스라는 이름의 배가
항구의 새벽에 닿으며
갑판의 뱃사람이
밧줄을 부두 바닥에 던진다

어둠 속에서 누군가가
그 손을 잡아
순식간에 매듭을 지으며 쇠말뚝에 묶으니
배는 가쁜 숨을 차차 가라앉힌다

야생의 많은 말들을
밧줄로 쓰러뜨려 가두고
그물을 던져 새를 잡았듯
나는 당신을 내 가슴의 말뚝에 묶었구나

모든 것은 자신에게 잠시 깃들려고 오는
모든 것을 결박한다

배는 육지에 매여 폐선이 되어가고
사랑은 집착과 망각이라는 올무에 걸려
양 갈래로 찢어지고
모든 것은
시간의 거미줄에 걸린다

당신은 내가 미리 만든 묘지이고
나는 당신의 원하지 않는 무덤

우리는 밧줄을 묶는 사람이고
밧줄에 묶이는 사람이다

배는 도깨비섬으로 간다고 한다
나는 미명 속에서
나이 들어 귀향하는 섬사람들을 따라
배에 오른다

동백나무의 이파리를 한 장씩 내미는

도깨비들을 비웃으며
나는 미리 산 배표를
선교를 지키는 선원에게 건넨다

무엇입니까
이것 봐라 내가 손에 쥐고 있었던 것도
고작 어제 숲에서 주웠던
구실잣밤나무 열매 아닌가

비너스는 밧줄에 매인 채
출렁거리고
그 섬은 바다 가운데 이빨처럼 박혀 있고

거미줄에 걸려 있는 나는
어디를 가겠다고
배표도 아닌 것을 쥔 채
두 팔을 날개처럼 저으려 하고 있는가

미처 다 부르지 못한 노래처럼
—정광필 선생을 보내며

눈가루가 엉켜 있는 외투를 벗고
너는 지도와 나침반을 꺼내
상 위에 놓았다

눈길을 온 것이다

이르쿠츠크에서
차창에 성에꽃이 하얗게 핀
기차로 왔을까

한겨울 모든 것들이 얼어붙던 그 시절
삼청동 자취방의 새벽으로부터
건너온 것일까

나는 거실의 불빛을 더 키웠다
마음속 심지에도 불이 옮아 왔다
지도 속의 길에는
눈 내리고 별빛이 쌓이고

나침은 한결같이
희망을 가리키고 있었다

그 밤에도 많은 것들이 죽어가고 있었을 것이다

멀리 겨울 강에
성엣장 떠내려가는 소리가 들렸다

나는 그때
우리 전 생애로 벋은 길이며
다가올 봄까지의 거리를 생각해보았던가

그리고 아내에게
우리가 맡은 짐을 나누어 지고
너를 따라나서자고 했다

한겨울 밤

나이도 내력도 알 수 없는 어둠이
온 마을을 에워싸고 있었을 때
한 개의 불빛이
붉은 감 한 개처럼 켜졌던 것이다

가르친다는 일은
포기하지 않고 희망을 심는 일이며
지켜보며 기다리는 일이라고 너는 말했다

아이를 안으면 꽃피고
어깨를 두드려주면
열매를 맺으리라고 했다
세상을 지키는 사자가 되고
자신의 열매를 남과 나누는
이타의 나무가 된다고 했다

기다림의 세월은 기근보다 혹독하여
우리는 조금씩 시들고 말라갔지만

고목에 열리기도 하는 꽃을 보며
서로 즐거워했다

우리가 했던 일이
자족의 성을 쌓은 것으로 그칠까 봐
너는 두려워했고

지난날 잠시 머물렀음은
안주가 아니라
다만 느린 이동이었다고

이제 봄 오기 전
하영지를 찾아 다시 길 떠나는 너

우리의 숲이 천이를 시작하는구나
떠나고 또 떠나보내는 일은
기도하는 것이며
손으로 하는 생각이고

마음으로 하는 노동이어서

나도 네게 유목민들의 기도로 인사한다

너의 그림자는
길고 짙고 참 무성하구나

이수광 선생을 보내며

바람이 왔는데도
어린 가지는 몸 흔들어주지 않는다면
새 잎들이 정말 입 다물고 있다면

종소리를
숲이 퍼뜨려주지 않는다면
절집의 목어와 운편이 울지 않는다면

우리가 미래로 자라나지 않는다면요

언제나 한결같이
당신은 어린 가지의 잎과 종소리와
일찍 연 교실에 함께 있습니다
아침 해가 등교하면
숲의 나무는 천천히 그림자를 벗어갑니다

선생님

한 발자국마다 필 꽃들이
노랗게 등 돌리고 있다면
파랗게 노려보고 있다면

기도를 해야 하는데
왼손이 오른손을 잡으려 하지 않는다면요

모든 시간 모든 일에
당신을 찾고 밤늦도록 붙잡았으면서
우리는
바람의 방문을 소홀히 했고
퍼져가는 종소리에 마음을 주지 못했고
내민 손을 따뜻하게 잡는 일에 서툴렀습니다

선생님

봄은 또다시 열리고
아지랑이 피어오르는 내일로

아이들의 노래는 불어갈 것입니다

과거에 속해 있고
현재를 거두는 밭일에 매인 우리는
길 떠나는 당신을 바라만 봅니다

마음마다의 우물에 물이 차오름을 느끼며
밭언덕에서
오래도록 저 멀리 바라봅니다

내일의 정원에 이르러
여전히 아이들과 함께
깻잎의 테두리를 가위로 오리고
채 푸른 고추에 붉은색을 칠하느라

많이 분주할 가을의 당신을요

윤영석 선생을 보내며

아직도 어리디어려 보이는
나의 선생님

선생과 저는 그냥 나이도 학교 나이도
꼭 같습니다
늘 그렇듯 삶을 숫자로만 이해하는 손이
선생 내외의 등을 떠미는군요
교문도 없는 학교 밖으로
담도 없는 우리 마을을 떠나라고

사나운 이 세상에서
우리가 서로를 지키는 울타리와 버팀목으로
턱없이 모자람이 참 슬픕니다

이우에서 샘솟아
바다로 흘러가는 많은 어린 강들을
동막천에서 탄천에 이르기까지
당신은 길러왔습니다

이제 정작 선생은 어디로 흘러가신다구요
먼 지방 소주공장 하청업체의 비정규직
불편한 식구를 위해
주야 삼교대 중 야간이 덜 걸렸으면
하는 기도를 하며

모두 다 정리해서 마련했다는
시골 읍내의 오천만 원짜리 초가삼간이
미친듯이 불어오는 세상의 바람에
종잇장같이 펄럭이는 삶을 잡아주는
누름돌이 되도록 기도하며

이우에서 저는 한 번도
아이들에게 선생이라 불리지 못한
학교법인의 이사장이었고

당신은

밤낮과 눈비와 땡볕을 아랑곳 않고
진입로와 교사와 운동장과 급식실과
전기와 수도와 배관과 정화조와
걸핏하면 흘러내리곤 하는 비탈과
자주 막히는 배수로
컨테이너 박스와 게르와 들마루와
번성하는 흡연이 위협하는 산불에 맞서
그리고 무엇보다도 동료들의 모든 일을

이우의 모든 시간의 언덕을 오르내리며
풀어내왔던 행정실 기능직

아이들과 저와 우리의 선생님

형편 어려워 많이도 낡은 버스를 마련해
개교 날 미금역 7번 출구 앞에서 모여
선장인 당신을 따라 첫 등교하던
그 시간이 그립습니다

일 년 후엔가 폐차시켰던 그 차를 소환해
다시 함께 갑시다

어리디어렸던 이팝나무의 꽃차례도
이제는 제법 자리를 잡았어요

이별 따위는 없는 학교에서
느티나무 아래
짙고 커다란 그림자가 담임하던 교실을
선생님이 맡으세요
사모님은 맨 앞줄에 앉히세요

봉급은 이우의 진입로와 교정에
많이도 내려 쌓이는 눈이에요
겨울이면 몇 번씩이라도 가지러 오세요

지금은 가물어 걱정이지만

우리 모두의 삶에
곧 장마와 태풍과 큰 눈이 올 것입니다

우리는 당신 부재의 두 손을 찾을 터이고
보이지 않는 얼굴을 그 모습을
오래오래 바라볼 것입니다

이우에서 벋어나가는 많은 길이 있습니다
멀리 가는 버스와 전철이 있는 머내까지
당신의 자취가
서리지 않은 곳이 없습니다

이제 당신은 그 길 중
어찌 가장 낮고 겸손한 먼 길을 택합니까
떠나는 길이되
다시 오는 길인 줄 알고 있습니다

낡은 버스로 시작해 미안했습니다

마을 안에 지키지 못해 죄송합니다

당신의 학교에서
선생이 담임하는 교실에서
아니 우리 학교와 마을의 모든 곳에서
우리는 만나겠습니다
이우의 아이이자 선생인 우리는

아이 적
엄마가 없었던 집은
참 슬펐던 그 시간은

윤영석 선생님
아이들과 저와 우리의 선생님

나의 근린생활시설

성 안 좁은 골목 들어서자면
좁을 수밖에 없고 게다가 좀 기우뚱한
술집 하나 있었고
한때 나의 근린생활시설 일번지였다

항상 웃고 있는 듯했던 여주인은
사실은 공황장애가 있었고
그이에게 가장 가까웠던 것들은
술과 음악과 근처 식당들에서 사 먹는 밥
그리고 함께하던 단골들

외상 받을 걱정과
문 닫아걸고 불현듯 떠나버리고 싶은 욕망
그러나
닫아걸지 못하는 문으로
김빠진 욕망만이
외상값 해결 못한 사내처럼 사라져버리곤 했다

음악이 실내에 축포처럼 터지고
술이 카운터 자리와 테이블 사이를 흐르고
저마다 안주머니 지갑 안에는 몇 장의 신용카드가 굳
건히 자리 잡았던
좋은 시절에는 미처 몰랐었다

설마 했던 재개발의 강철 주먹이
골목 안의 그 오래되고 기운 집을
늘 걱정과 낙관의 짝짝이 부츠를 신고 있던 여주인을
부숴버릴 수 있었다는 것을 말이다

실제적이고 확고하게 그리고 물론 합법적으로

어느 날에는 밤늦어
이미 많이 마신 술로 구두를 적신 채
문을 두드렸고
때로는
해도 아직 저물지 않은 한강을 지하철 3호선으로 건

너머
　　그날 밤의 음악과 술과 사람들을 미리 그리워하곤
했던
　　나는 알고 있다

　　그이의 낙관은 쓰러지고 걱정은 공황과 손을 잡아
　　투사가 된 그는
　　종로구청 앞에서 목쉰 소리로 노래하고
　　얼굴은 그을고 기미로 덮이고
　　일상의 밥은 소주가 되고

　　단골들은 여주인에게
　　그 아름다웠던 어제만을 아쉬워하며
　　내일 올 마지막 재앙과 그 너머는 생각하지 않고
　　이게 다 부질없는 일이며 하릴없는 일이니
　　몸이나 챙기라는 말 따위를 위로라고 했다

　　그리고 발걸음들을 끊었다

나의 근린생활시설 일번지는
서울 수복 직후의 옛 사진 꼴과 다름없게 된
청진동 제1개발지구 끝머리에
잠시 더 폐가처럼
을씨년스러운 한 풍경을 이루고 있다가
소멸했다

강철 사마귀처럼 생긴 포크레인이
앞발로 단지 살짝 쥐어박았을 뿐이라고 한다

일상이 흐르듯 계절과 해도 바뀌고
그 사이사이 명절 즈음이면
내게도 얻어걸린 과일상자 나부랭이를 들고
얻어걸린 유일한 것인 병이 점점 깊어가
병원과 자취방과 요양시설을 전전하는
그이를 만나보기도 했다
같은 병을 겪는 환우들과 함께 투쟁한다는 답답한 말에

제 몸이나 잘 건사하라는
위로 아닌 위안을 하곤 했겠지

서울 시내에 있는 병원 영안실 중에
가장 독특하고도 시대착오적인 곳이 서대문 적십
자병원이다

옛 청진동 피맛골 깊숙이 들어서듯이
열차집 지나 참새집과 함흥집
좀더 안쪽의 나의 옛 근린생활시설 일번지 비슷한
그곳을
그이는 이승의 마지막 거처로 정했다

삼백일호에 누워 있는 그이에게
여느 때처럼 들어서며
손이나 머리라도 흔들며 인사하는 대신
그날은 유별나게
다른 집에서 이미 마신 술에 젖은 채

오체투지 절을 했고
혹시 행여라도 계산을 잘못했을까 투정부리며 술
값을 내듯
부조 봉투를 내밀었던 그때는

어느 가을날의 밤이었을 터이다

유난히 밝았던
달밤이었을 터이다

세현이를 보내며

봉투를 내밀고
흰 국화 한 송이를 올리고
내 아이 얼굴처럼 젊어 보이기도 하는
영정 앞에 망연히 있다가

먼저 온 친구들이 앉아 있는 상으로 갔다

육개장에 쌀밥
제육과 갖은 전과 나물 반찬을
세현이가 내는 이승의 마지막 밥으로 받는다

이제 우리의 날들에도 잔주름이 많구나
생각해본다
언제나 막 다려서 새로 깔아주셨던
하얀 홑청 같던 그날들

밥상을 마주한 동무들아
우리는 이제야 이야기를 시작하는

강물이기도 하고
비로소 불이 켜지며
열리기 시작하는 황혼이기도 하구나

강물은 멀리멀리 흘러가길
등잔에는 기름 넉넉하여 그 불꽃은 힘이 세길

그리고 네 길은 편안하고
잠은 깊고 평화롭길

죽음에도 질투가 있다면
—최종해 님을 보내며

공세리 성당으로 오라는 그의 초대는
이 가을에 세상은 얼마나 눈부신가
놀라움으로 우리를
눈부시고 놀랍게 했다

보내기 위해
헤어지기 위해 모인 우리 자리에는
그 볕 좋았던 날의 잔잔한 빛이
겸손한 스테인드글라스를 지나
함께 앉았다

여섯 개의 촛불은
슬프게 아름다운 작별에 참여하여
더러는 가족을 비추고
더러는 우리가 함께했던 시간들을
장소들을 밝혀주었다

그와 우리들을

형제님이라 부르는 은발의 젊은 신부님
꽁지머리의 수사님
촛불을 붙이고 난 성냥을
노래 부르듯 껐던 수녀님

그리고
권세 높은 예수의 십자가가
제단을 출발해 중앙의 통로를 지나
미리 기다리다가

성당의 문이 열리고
활짝 웃으며 들어오는 그를 맞는 것을
목을 뒤로하고 지켜보던 우리들

먼저 이룬 죽음에 찬탄이 있다면
질투가 있다면

이제 참으로 가난해지고

이 가을빛처럼 웃는 얼굴이 되어

남은 산길을 마저 걷고
문을 닫고 손을 씻고 불을 끄고

그이처럼 그 안으로 걸어 들어가리라

그날 우리가 그리하였듯
이곳과 그곳의 경계에서
벗들은 모여 앉아 한 끼의 밥을 나누고

가던 길에서
나는 뒤돌아 한 번 더 바라보며

이천십년 시월에서 다음해 칠월로
―세윤이에게

시월의 바다를 본 적이 있는지
바다의 시월로 다시 가본 적이 있는지

바다나 통영이라는 말의 가을날은
네 생각에 오늘 출렁이고 있어
멀리서
파도치며 물결치며
네게로 가고 있는 거야 언제나

괭이갈매기가 전갱이를 쫓아
하늘과 바다의 국경무역에 뛰어들듯
아빠는 엄마를 좇아
그이 배꼽에 불의 씨앗을 꼭 심고 싶었다

전갱이 떼에 쫓긴 바다가
엄마 뱃속으로 밀려와
눈도 없고 발도 없고
꿈과 하품뿐인 너도 따라와

꽃으로 피고 싶었겠지

칠월에 엄마는 바다를 낳았고
아빠는 바닷속에서
너의 꽃과 조금 자란 꿈과 하품
젖은 머리칼과
열 개의 손가락과 발가락
그리고
밀물 지어 온 울음소리를 건져 올렸단다

서툰 어부처럼
휘청거리며 뭍으로 올라
그의 기쁨은 아구처럼 큰 입을 벌렸다

바다는 늘 그리움으로 넘친다
회유하는 멸치 떼는
헤아릴 수도 없는
끊이지 않는 인연이지

들끓던 바다가 다시 깊어가고
지평선 너머
가을이 시월의 손을 잡고
통영으로 다가오면
네 성장의 시월도 다시 오너라

신의 손 안에서는
바다는 천방지축 모든 것들의 사랑이
응축된 한줌의 물일 따름
그이 앞에서
사람과 자연의 국경이 어디에 있겠니

너도 어리디어린 바다를 또 낳아주렴

지평선 너머로 헤엄쳐 가는

아버지들에게

아빠
기억하나요
제 울음을요
첫번째 물음을요
그때 강보에 싸여
제가 왔던 이 세상을 보았어요
푸르디푸르른 하늘
잡티 하나 없이 분명했던 미지를요

너를 만났을 때
우리들도 여름의 숲에 막 들어선
젊고 생된 사냥꾼들이었구나
기억한다
그해 겨울
졸업식의 교정에서
백악 너머 북한산
우리들의 머리로 이루었던 연봉들
두려우리만큼 힘 있게

봄으로 이어지던 그 능선을

아빠
처음의 새가 마음에서 날아오르고
어떤 세월이 흐른 건가요
처음의 꽃은 참 붉었나요
아빠 그 꽃씨를 어디에 심었나요
싹을 보았나요
제 손을 잡고 그곳에 가보셨나요

날랜 짐승들을 잡고
숲의 악몽을 쓰러뜨리려 하기도 하고
겸손히 곡식을 거두고
담박한 샘물을 긷기도 했다
편력하는 대상으로 어부와 뱃사람으로
사제로 율사로 의백으로 철인으로 교사로
광대와 가객으로
천문학자와 그리고 연금술사로

때로는 진창에 발이 빠지고
유폐되거나 난파하거나
더러는 죽기도 하면서
우리는 이 세상의 기원과 의미를 찾아
세월의 비바람을 헤쳐왔구나

여전히 미지이며 암흑이지만
분명한 사랑의 서사이며
꽃과 열매와 단단한 씨앗이라는
매혹의 서정을
이 땅에 심었고
네가 그 싹이라는 것을

이 세상의 학생이었고
연애담의 주인공이자
저희를 위한 먹이와 재물을 캐는 광부였으며
모자람과 옳지 않음을

넉넉함과 정의로움으로 바꾸는
연금술사인 아버지들
그 시절과 저의 시절은 어떻게 이어지나요

우리의 시절과 너의 시절은
하나의 같은 시대가 되리라
하루의 아침과 저녁이며
과거와 미래의 가장자리인 현재에서
우리는 함께 노래하고 있다

우리는 가장 소중한 것을
사랑하는 사람의 뱃속에 복장하고
기대와 염원과 기도로
너를 이 세상의 귀한 손님으로 모셨다
기억한다
너의 울음 그 첫 질문을

겨울이 이제 앞이다

그러나 가을의 문을 열어보기나 했던 것인지
우리는 세상을 닫고 있는 커다란 문의
다만 아주 작은 틈새만을 드나들었을까
신의 집 담 아래 양지에서
종일토록 소꿉놀이를 하고 있었을 따름인지

우리들의 지도는 이미 낡았으리라

손님으로 왔던 너는
이제 이 세상의 주인이며
우리와 너는 한 시대를 이루어
함께 노래하고 꿈을 꾸리니

스스로 켠 불로 아름답고 환한

정호웅(문학평론가 · 홍익대 교수)

1. 시의 삶, 시의 길

1980년 새해 아침 『조선일보』는 장석의 신춘문예 당선 시 「풍경의 꿈」으로 빛났다. 문학에 뜻 둔 벗들의 환성이 관악 골짜기에 울려 퍼지던 그 아침에 출발한 시인의 여로는, 그런데 산속 깊이 오솔길 스며들듯 문득 사라지고 말아, 우리는 그의 시를 어디에서도 읽을 수 없었다. 그는 시를 발표하지 않는 시인이 되었다.

그리고 40년이 흘렀다. 그동안 시인은 부친 희운(希雲)공을 이어 한려수도 바다를 쟁기질하여, 자연의 숨을 담고 있어 우리의 몸과 마음에 싱싱한 새 숨을 불어넣는 '숨굴'을 생산하는 바다 농군으로 살았다. "가르친다는 일은/포기하지 않고 희망을 심는 일이며/지켜보며 기다리는 일"이라는 생각을 좇아 대안학교 이우중

고등학교를 세우고 가꾸는 데 앞장섰다. 그것은 "한겨울 밤/나이도 내력도 알 수 없는 어둠" 속에 "한 개의 불빛"을 "붉은 감 한 개처럼 켜"(「미처 다 부르지 못한 노래처럼—정광필 선생을 보내며」)는 일이었다. 동서 문명 교류 연구의 길라잡이인 한국문명교류연구소, 인터넷 정론지 『프레시안』이 제자리를 잡도록 뒤에서 묵묵히 거들었다.

이 모두는 새로운 시작이고, 기르는 일이며, 진실·선·아름다움을 밝히고 가꾸어 세상에 빛을 비추고 생기를 일으키는 일이니 시의 일과 다르지 않다. 그는 시의 삶을 살았다.

그 시의 삶에서 건진, 솟아오른 시들을 안고 시인 장석이 돌아왔다. 이 첫 시집에 실린 76편, 이번에 함께 나오는 제2시집 『우리 별의 봄』에 담긴 74편, 합하여 모두 150편이다. 자연, 신, 인간 앞에 겸허한, 성실·이타·헌신의 정신이 연 "스스로 켠 불로" "아름"답고 "환"(「가을빛」)한 세계이다.

2. 보름달 빛 세계의 시

장석의 시 세계로 들어가는 문을 열면 기억의 서랍에서 꺼낸 유년기 순천, 외가의 추억이 우리를 반긴다. 무슨 사연인지 모르지만(시인도 알지 못한다고 한다), 일곱 살의 그는 부모형제와 떨어져 순천 외조부모 슬하에서 몇 년 지냈는데 그때의 추억이다. 그 추억 한가운데, 길 잃고 혼자 된 어린아이가 걸어가고 있다.

> 순천 아랫장의 낮전에는
> 장꾼은 하나 햇볕은 셋
> 곡물상 짚광주리에는 오곡이 가득
>
> 장바닥에 떨어져 노랗게 웃고 있는
> 옥수수 한 알
>
> 전 존재를 빼버리고
> 남은 이빨 하나
> 잃어버린 나
>
> 장거리를 키 작게 걸어오는
> 국밥 냄새
>
> —「순천 외가 4」 전문

이 시의 중심에는 '국밥 냄새가 걸어온다'는, 한국어 문법에서 의도적으로 벗어난 상황이 들어 있다. 그 4연은, 어린 '나'가 길 잃고 혼자 되어 국밥 냄새 낮게 깔린 시장통을 걷는 상황, 외로움, 두려움, 슬픔으로 혼란스러운 마음, 국밥 냄새에 자극받아 맹렬하게 솟구치는 허기 등을 담고 있다. "키 작게 걸어오는/국밥 냄새"에서 아이의 몸과 마음은 국밥 냄새로 가득 차 있으니 둘은 하나이다. 그렇다면, 이 시구는 소년이 국밥 냄새에 온 정신이 팔려 길 잃은 자신의 처지를 잠시 잊었는지도 모르고, 그랬기 때문에 곧 더 큰 외로움과 두려움 그리고 슬픔에 휩쓸리게 되었는지도 모른다는 추측을 가능하게 한다. 그런 추측까지도 열어놓고 있으니 그 안쪽은 얼마나 넓은가! 과감한 생략, 문법을 넘어서는 비문의 어법이 이처럼 넓은 시 공간을 열었다.

어린 시절 순천의 추억을 그린 순천 시편에서 더 이상 이처럼 사무친 외로움을 노래한 작품은 없다. 그 추억의 세계는 할머니(외조모)가 보름달로 떠 있어 따뜻하고 환하다.

우리의 만수위 위로 달이 떴어

할머니가 처음 나를 보셨을 때처럼

그 환한 달빛 아래 강아지가
제 길을 가고 있는지
　　　　　　　　　　　　　　—「할머니의 암술」 부분

'만수위 위로 뜬 보름달'이라. 할머니를 향한 간절한 그리움과 손주를 온몸으로 품는 할머니의 가없는 애정을 담고 있는, 빛으로 천지를 가득 채우는 충만의 이미지! 보름달 빛을 뿌려 어둠을 밝히는 할머니의 마음에는 피붙이를 향한 맹목의 사랑만이 아니라, 손주가 "제 길을 가는지" 지켜보고 이끄는 바른 가르침의 뜻도 들어 있다. 시인은 그런 할머니를 "삶의 심방 안에" 모시고 그 사랑과 가르침을 좇아 살고자 하였던 것. 조손의 그런 두 마음이 어울려 저처럼 아름답고 고귀한 이미지를 둥두렷이 떠올렸다.

「할머니의 암술」은 학교 교육은 물론이고 우리 사회의 모든 국면을 지배하고 있는 근대성을 시인이 어떻게 바라보고 있는지 보여준다는 점에서도 의미 있는 작품이다. 할머니는 그 세계를 실제라 믿는 "옛이야기"의 주민으로, 옛이야기에 담긴 사람살이의 도리와 우주의 이치, 삶의 지혜 속으로 어린 혼을 이끌었다. 그런 할머니를 두고 시인은, 학교에서 "머릿속에 한 모종삽씩" 넣어 온 "시멘트"를 "귀지 파"듯 파내고 "내 머리 안에서/어린 세상이/다시 꽃처럼 피고 지게 해주셨어"라고 하였다. 지금 시인은 어린 시절 추억 하나를 들어, 자신이 옛이야기의 주민인 할머니와 손잡고 삶의 길, 시의 길을 열어왔다고 말하는 것인데, 효용·계량·이성의 근대주의에 갇히지 않은 열린 정신의 사유가 이에 분명하다. 이처럼 열린 정신이 장석 시를 넓고 깊게 연다.

그 보름달 빛이 감싸고 있는 세계의 중심에는 불모의 땅에서도 스스로의 힘으로 솟아오르는 생명의 자생력에 대한 믿음과 예찬이 놓여 있다.

> 처박혀 사라진 것들의
> 목소리도 보이지 않고
> 눈빛의 메아리도 들려오지 않고
> 기척의 먼지조차 일지 않는
> 색도 형체도 없이
> 빈 우물과 동굴과 구덩이에
>
> 한 포기의 기억 같은 풀씨가 날아와
> 한 뼘 기도 같은 싹이 돋고
> 수줍은 웃음처럼 작은 꽃도 피고
>
> —「전후의 웅덩이에서 나도 돋았다」 부분

어떤 가능성도 없을 것 같은, 모든 것이 죽어 텅 빈 "우물과 동굴과 구덩이"에도 어김없이 생명의 씨는 날아와 싹트고 꽃을 피운다. 본성("기억")이, 자기실현의 간절한 바람("기도")이, 비록 크거나 화려하지 않더라도 귀하고 어여쁜("수줍은") 생명을 낳아 기른다. 이 시집 곳곳에는 생명의 자생력에 대한 믿음과 예찬의 눈에 포착된 생성의 동적 이미지가 빛나고 있다. 이지러진 그믐달에서 "분홍빛 아기 손톱처럼/다시 자라나" "흐뭇한 빛"을 뿌리는 "보름달"(「그믐달」)!

　생명의 자생력에 대한 믿음과 예찬은 생명의 연속성에 대한 믿음과 한몸이다. 황량한 폐허에서조차 싹트고 꽃피운 생명이 씨앗을 맺고 그것에서 다시 새 생명이 움터 오를 것은 자명한 터, 생명은 새 생명을 낳으며 끊이지 않고 이어진다. 생명의 연속, 그것은 마치 "헤아릴 수도 없는/끊이지 않는 인연"의 연쇄와도 같은 것, 경건하게 받들어 모셔야 할 섭리이다.

　　바다는 늘 그리움으로 넘친다
　　회유하는 멸치 떼는
　　헤아릴 수도 없는
　　끊이지 않는 인연이지

　　(……)

　너도 어리디어린 바다를 또 낳아주렴

　지평선 너머로 헤엄쳐 가는
　　─「이천십년 시월에서 다음해 칠월로─세윤이에게」 부분

시인은 「전후의 웅덩이에서 나도 돋았다」에서 "나도 포탄에 찢긴 땅을 덮는/한 포기 풀처럼 돋아났다"라고 하였는데, 갓 태어난 어린 생명 세윤(이우학교 교사의 딸)에게 주는 이 작품에서는 "너도 어리디어린 바다를 또 낳아주렴"이라고 하였다. 풀씨가 풀을 낳고, 바다가 바다를 낳듯 생명은 대를 이어간다는 것, 이로써 생명의 연속성에 대한 믿음을 품고 "지평선 너머로 헤엄쳐 가는" 바다처럼 힘차게 생동하는, 둘로 나뉘어 있지만 이어져 하나인, 섭리 예찬의 찬시(讚詩)가 완성되었다.

2011년 시인은 동서문명교류사 연구자인 정수일 선생, 오랜 벗인 노회찬 의원, 뛰어난 산문가이기도 한 차병직 변호사 등과 함께 백두산 천지 물가에서 하룻밤을 묵었다고 한다. 밤내 잠 이루지 못하고 천지의 노래를 들었으리라. 「천지로부터」는 그때 들은 천지의 말을 전하는 시인데, 천지는 "겨울에 얼지 않았다면/강물은 어찌 다시 흐르랴"라고 속삭이고, "이제껏 있었던 모든 이들의 자식이고" "앞으로 있을/모든 것들의 에미 애비다"라고 말한다. 한민족 신화의 경계를 넘어 뭇 생명의 끝없는 이어짐에 대한 사유를 담고 있는 섭리 예찬의 신성 언어라 할 것이다.

자신의 힘으로 스스로를 실현하고 다시 새 생명을 낳아 앞을 열어 나아가는 생명의 운동은 그 안에 생성뿐만 아니라 시듦과 사라짐을 또한 품고 있는바, 이 같은 섭리 앞에 손 모아, 시인은 겸허하다.

　　석양이 이끄는 대로
　　들을 지나며 회한을 묻고
　　강을 건너며
　　기억을 강물에게 돌려주고

　　해 그림자가 붉은빛을 띠고
　　소나무 그늘이 고요히 저물 무렵

　　나는
　　가슴에 담긴 모든 별빛을 끄겠다
　　이제는
　　마르고 비어 잘 헛되어졌으니

　　그대는
　　저 작은 언덕을 헐어
　　나를 덮어주고
　　길 가시기를
　　　　　　　　　　　　　—「가을을 움직이는 그대」 부분

　꽃피고 잎 무성한 봄과 여름은 꽃 지고 잎 시드는
"가을로 내려가"(「화엄제」)는 법, 우리 또한 들을 지나고 강을 건너 노을 물든 경계 밖으로 사라지는 것. 이 섭리 앞에 엎드린 시인의 겸허함이 저처럼 깊고 고담(枯淡)한 소멸의 시를 낳았다. 훗날, 생의 마지막에 이르러 "가슴에 담긴 모든 별빛을 끄"고 "마르고 비어 잘 헛되어"진 자신을 조용히 응시하는 눈길이, "우리는/ 자신의 그림자와 싸우던 이였을 뿐"(「화엄제」)임을 깨우치고, 온갖 욕망으로 어지럽고 더러운 읽는 이의 마음을 맑게 씻는다. 정복(淨福)의 느낌이 온몸 온 마음을 채운다. 「가을을 움직이는 그대」는, "이제 참으로 가난해지고/이 가을빛처럼 웃는 얼굴이 되어//남은 산길을 마저 걷고/문을 닫고 손을 씻고 불을 끄고//그이처럼 그 안으로 걸어 들어가리라"라고 읊는 「죽음에도 질투가 있다면—최종해 님을 보내며」과 나란히 선 절창이다.

세상사는 무정하여 때로 귀한 생명을 무참하게 무찔러 상처 입히기도 하고 죽이기도 한다. 그런 가여운 생명들을 연민하는 마음도 시인의 보름달 빛 세계에는 들어 있다. 박경리의 시 「닭」에 나오는, "6·25 때 멸치부대 쓰고/바다에 던져졌다는 창건이 의원"(박경리, 『우리들의 시간』, 마로니에북스, 2012, 184쪽)과 고국에서 추방당해 만리이역에서 종신(終身)한 작곡가 윤이상의 사연을 끌어들인 「슬픈 이들은 늘 별을 바라보며」가 이를 잘 보여준다. "발로 땅을 꽝꽝 구르며 머리를 풀어

헤치고 울며 슬퍼하는 이들 위에 같이 울며 함께 슬퍼하"는 '별'의 마음!

3. 시인의 물음―노래해도 됩니까?

시인은 "내가 노래해도 됩니까"(「스물몇 개의 허락을 얻기 위해」), 하고 이 세상의 모든 존재들에게 그리고 자신에게 묻고 또 묻는다. 거듭 물으며 노래하기, 이 무겁고 절박한 물음을 품고 있는 노래하기가 장석의 시 쓰기이다.

시인의 노래하기는 "모든 것 얼어붙은/이 사랑의 빙하 시대"를 녹여, 얼음에 갇혀 있고 "해구 밑바닥"에 "숨어 있"(「사랑의 화염」)는 사랑을 풀어 일으키는 일이다. 또 "하나는 피어오르고/하나는 잦아들면서/삶의 모닥불을 이루는" "기쁨과 슬픔"을 보고 함께 기뻐하고 함께 슬퍼하는, 그리하여 "이 세상을 흐르게 하"(「노래」)는 일이다. 그리고 "가난한 평생을 빛내고 싶"은 일이고, "세상의 끝자락이/황홀하게/은빛 지느러미를 흔들며/바닷속으로/헤엄쳐 가게 하고 싶"(「바다의 은박지」)은 일이다.

참으로 고귀한 일인데 아름다운 수사, 한갓 언어 놀이를 넘어설 때 열리는 지평이다. 시집의 맨 앞에 표지

석처럼 서 있는 다음 시가 이를 새삼 웅변한다.

온몸으로 앉아 있는 바위

전신만신의 둥근 달

혼신을 다해 붉은 꽃

멍청한 돌부처

그리고 사랑은

세상에 이제 막 태어난 것이니

—「서시」 전문

폐사지의 풍경 같다. 이 풍경 속 바위, 달, 꽃은 "이
제 막 태어난" "사랑"처럼 저마다 "온몸으로" "전신만
신의" "혼신을 다해", 전력투구 앞을 향해 나아간다.
온몸 온 마음을 다하는 '진심'의 태도가 이 사물들 사이
빈 공간을 달구고 활기로 채워 살아 움직이게 한다. 이
제, 따로 떨어져 제각각인 이 사물들은 손잡고 함께 노
래 부르며 나아간다. 겉으로 비어 있지만 안으로 가득
차 있는, 적막한 듯하지만 생동하는 풍경! 노래하는 시

인의 내면은 이와 같으리라.

　시인의 노래하기는 혼자 노래하기에 머물지 않고 사람들과 마음을 합쳐 부르는 노래하기로 나아가기도 한다.

　손을 모아 종소리를 만들고
　더러는 가슴을 두드려 북소리를 내고
　마른 물고기는 입을 벌리고
　구리에 갇혀 있던 구름도 피어오르면

세상은 하나의 꽃이었는가

가을밤 달빛 아래 피는 노래 한 송이
　　　　—「그대가 산으로 오르는 첫 기차를 타려면」 부분

　해마다 가을이면 구례 화엄사에서 열리는 노래 잔치 화엄제에서 얻은 이미지인데 마치 세상 밖의 것인 듯하다. 사람들은 "절 마당의 돌계단참에 모여 앉"아 전문가인의 노래를 듣는다. "우리 본성의 어머니가／동굴 안에서／숲속에서／불러주던 노래", "기원"(「화엄제」)의 노래이다. 그런데 다만 듣기만 하는 것은 아니다. 그들은 "손을 모아" "가슴을 두드려" "종소리" "북소리"를 낸다. 범종루의 목어와 운판도 "입을 벌리고" "구름

도 피"워 올린다. 사람뿐만 아니라 사물들까지 입을 모
아 부르는 노래가 꽃처럼 피어나 이 세상은 문득 꽃의
세상이 된다. 숨을 멈추게 하는 아름다운 이미지가 가
을밤 달빛 아래 떠올랐다. 함께 노래하기를 향하는 시
인의 상상이 이처럼 황홀한 환각을 지었다. 범종루의
종, 북, 목어, 운판이 내는 소리는 모든 목숨 가진 존재
를 무명(無明)의 어둠에서 건져 올리고자 하는 자비심
을 담고 있는 것, 이 아름다운 이미지의 중심에는 그런
자비의 마음이 들어 있다.

　　쓰던 글을 멈추고 이 시집에 수록된 시 76편을 다시
읽는다. 다시 읽으며, 장석 시의 바탕에 이 '함께 노래
하기'가 놓여 있음을 새삼 확인한다. '그늘'에 대한 깊
은 사유를 품고 있는 다음 작품의 밑에 놓인 것도 바로
이것이다.

　　너조차 그늘로 가버리면
　　네 그늘의 고마움을
　　누가 알겠나

　　우리 애비가
　　불지옥 지척에서
　　한 그릇의 밥을 빌고
　　우리 에미가

그 밥으로 꽃을 피우고
제 몸에서 겨우겨우 연 그늘에서
우리를 거둔 일을 생각한다

폭염은 세상을 덮고 있는데
나 네게로 가
불볕 속에서 그대 틔우고 길러갔던
생각과 질문의
그늘에 앉아
몹시 뜨겁고 재투성이였을
애비와 에미의 시간들을
추억하리라

멀리까지 퍼질 종소리처럼
아이들을 깨울 종소리처럼

목청 선선한 매미들도
오게 해다오

　　　　　　　　—「불볕에 서 있는 나무에게」전문

　불볕 아래 서서 그늘을 드리우고 있는 나무는 "몹시
뜨겁고 재투성이였을""애비와 에미"를, "생각과 질문"
의 힘으로 스스로 "틔우고 길러갔던""그대"를, 그리고

그들을 생각하는 화자와 시인을 동시에 뜻하는 표상이
다. 부모가 불볕 아래 말라가는 어린 "우리를" "제 몸
에서 겨우겨우", 말하자면 자신을 희생하여, 온 정성을
다하여 "연" "그늘"에 거두었듯이, 우리 또한 불볕 아
래 나무로 서서 그늘을 열자고 시인은 권유한다. 그러
나 이것은 겉에 드러난 것일 뿐이다. 이 권유의 안에는
그늘을 열어, 매미처럼 "멀리까지 퍼질 종소리처럼 / 아
이들을 깨울 종소리처럼" "선선한" "목청"으로 함께 노
래하자는 속뜻이 숨어 있다. 그 노래하기는 추억 속 부
모의 노래하기와 합쳐지는 것이니, 시간의 경계를 넘어
함께하는 노래가 멀리 울려 퍼진다.

4. 역동의 상상력

장석의 시에는 동사 '바라보다'와 그 활용태가 자주
나온다. 그 바라보기에 담긴 의미는 다양하여 시 세계
를 풍성하게 가꾼다. 공감과 배려(「기차역 매표소」), 그
리움과 신뢰(「윤영석 선생을 보내며」, 「이수광 선생을
보내며」), 자기성찰(「상속 유언」, 「스물몇 개의 허락을
얻기 위해」, 「밤나무 숲으로부터」), 깨우침과 발견(「앎
의 즐거움 2」, 「몽돌 위의 그림자」), 섭리의 수용(「죽음
에도 질투가 있다면—최종해 님을 보내며」) 등. 이처럼

다양하지만, 핵심은 대상과 자신을 구별하지 않는, 대상과 하나 되고자 하는 태도이다.

> 산수유꽃 언덕에 나도 피어
> 노랗게 바라보리라
>
> 아스라이 보이는 바다의 봄내
> 막 태어난 잔물결의 헤엄
>
> 가을이 오면 해풍을 보내다오
> 내 마음속의
> 붉고 붉은 열매들에게
>
> 그러면 나 후두둑 땅에 떨어져
> 비탈을 굴러 해변으로
> 하나는 가장 멀리 온 파도의 손아귀에
>
> 가을 바다도
> 조금 붉어지도록
>
> —「언덕에서」 전문

이 시에서 바라봄은 바다와 하나 되고자 하는 '나'의 바람이다. 그 속에는 대상을 향한 나아감과 나아가 하나 됨이 이미 들어 있으니 뜨거운, 생동하는 바람이다. 시인은 다른 곳에서 "벼랑 위에서 몸을 던지는/해당화 한 송이 //수평선 쪽의 돌고래는/이 붉은 소리를 듣는 가"(「해당화와 돌고래」)라고 하여, 해당화와 돌고래의 뜨거운 만남을 상상하는데, 마찬가지 바람이다. 동서양 그 어느 문학 작품에도 나오지 않는 창의(創意)의 숯불 이미지가 빛나는 절창 「숯」은 아마도 절대적인 의미를 갖는 어떤 존재와 하나 되고자 하는 "빨갛게 이글거리는" 마음을 표현한 것이리라.

내가 숲이었다
젊은 참나무였다

톱은 단지
수피와 심재를 후벼 끊었을 뿐

나는 내 영혼을
드센 불의 정념에
적막의 시간에
의심 없는 어둠에 두어

이렇게 검게 빛나며
비어 있었다

어떤 인연이기에
빨갛게 이글거리는 눈을
다시 열어
당신의 영혼을 바라보는가

—「숯」전문

'참나무 – 숯 – 숯불'로 이어지는 새로 태어남, "당신"
과의 벅찬 만남에 이르러 맑고 밝고 뜨겁게 타오르는
영혼의 불! 고요한 집중, 한순간 온 세상이 환해졌다.
대상과 하나 되고자 하는 시인의 바람은 이처럼 대상의
소유, 지배와는 전적으로 무관한, 순정(純正)한 성격의
것이다. 그런 순정한 바람이 불러낸 맑고 명랑한 아침
인사를 보라.

나는 아침 인사

산골짜기 시냇물
버들치의 헤엄에 뛰어드는

끊임없는 나무의 자람에 오르는
어리석은 사랑

비의 소리를 껴안고

포도에 내리는 젖은 남자

그대의 행진
참 가벼운 발걸음 옆의

안녕
나는 아침 인사

—「편지」 전문

산골짜기에 경쾌하게 흐르는 맑고 깨끗한 물속으로
뛰어들어 버들치와 어울려 헤엄치는 마음, 끊임없이 자
라는 나무와 하나 되어 함께 자라 오르는 마음, 그대의
가벼운 발걸음과 함께하는 마음, 한없이 부풀어 오르는
"어리석은 사랑"이 역동적인 시공간을 일구었다. 이 시
의 모든 말, 그 속에 깃든 사랑의 마음은 마지막 연의
"안녕"에 모여 밝게 울리니, 내용과 형식이 빈틈없이
어울리는 예술품이 완성되었다. 여기에, 포도에 내리는
비의 소리가 나지막이 울리고 그 비가 포도를 고요히
적시니 그 사랑 참으로 은근하다! 깊숙이 스민다! 읽는
이의 마음을 설레게 하는 벅찬 박진의 언어, 빼어난 연
시이다.
곳곳에 역동의 시어가 퍼덕이는 「언덕에서」, 「편지」
가 그러함은 위에서 살폈거니와, 대상과 하나 되고자

하는 순정한 바람은 힘찬 역동(力動)의 시공간을 연다.

정어리 떼와 더불어
여름 한철 살았으면

홀홀 벗어버리고 바다에 들어
윤무로 만드는 둥근 집 안으로 가
나도 손잡고 춤추며 푸르러지리라

천 마리가 모여서 된 색시와 짝을 이루어
빛나는 비린내 속에 몸을 섞으며
바다숲으로 찾아온 햇살 아래서
희고 푸른 그녀 몸의 비늘을 다듬어주리라

(……)

굴껍데기처럼
단호한 심장으로
굳은 연대의 악수처럼 단단한 몸으로
저 산호초를 돌아서
한 입 차이로 뒤쫓는 공포를 향해
불꽃을 일으키며 일제히 돌진하리라

—「여름이 온다」 부분

앞에서 본 '함께 노래하기'와 한 짝을 이루는 '함께 춤추기'이다. 움직임을 품고 있는 시어들의 둥근 윤무(輪舞)가 만들어내는 역동의 세계를 바닷속에 짓는 상상력이 놀랍다. 그 안에는 한편으로는 서로를 낳는, 다른 한편으로는 맞서 서로를 밀어내는 "연대"와 "공포"의 관계에 대한 날카로운 통찰이 들어 있으니 이 상상의 세계는 더욱 역동적이다. 부드러운 눈빛, 나지막한 음성, 작고 조용한 몸짓의 이 온유한 시인의 내면에 이처럼 힘찬 기운이 맥동 치고 있다니!

얼마 전 몇 친구와 함께한 자리에서 한 사나이가 기억력의 빠른 쇠퇴를 한탄하며 서서히 물러서야 할 듯하다고 하자, 시인이 꾸짖었다. 이제 시작인데 무슨 말을 그렇게 하냐고. 그의 시를 읽으며 시인의 내면에 서린 힘찬 기운이 그 말을 하게 한 것임을 새삼 알겠다. 그 기운이 그의 시혼(詩魂)을 끌고 밀어 쉼 없이 나아가게 하리라.

시인의 말

뭉근하게 써온 시로 집을 지어 세상에 내보이는 일이 시인의 으뜸된 책무. 그런데 이 일이 많이도 늦었다. 여기에 실린 「편지」 「사랑의 처음」 「사랑의 화염」 등은 등단 무렵의 작품이니, 사십여 년의 시간이 흐른 셈이다.

태어난 시들을 미숙아 보육기에 넣은 채, 공연히 가장자리를 다듬고 색을 덧칠하곤 했다. 제목이 다른 얼굴이 되고, 마지막 연이 지워져 없어진 시도 있을 것이다. 시간을 혼란시키고 연대기를 뒤죽박죽 섞어, 시들의 출생 연도를 뚜렷이 밝혀주지 못한 후회가 크다. 쓰지 못한다는 두려움이 있었고, 쓰지 않겠다는 위악도 있었으리라. 삶 앞에서 용기가 부족했고, 시적 긴장의 시간들을 나약하게 피했던 적도 있었다.

오로지 작별을 위해 이 말을 적는다. 떠나보내며, 여전히 절망과 같은 부끄러움과 다시 일어나는 열망 가운데 어떤 희망을 본다. 터무니없이 늦은 지각이지만 옛 교실에 다시 앉아, 꾸중을 하실 박두진 선생님을 비롯한 어른들이 계시지 않음을 본다. 다만 조금 늦은 출발일 따름이라고 격려하며, 이 시의 집을 만들어준 강출판사의 정홍수 대표에게 감사드린다.

2020년 2월
장석

사랑은 이제 막 태어난 것이니

ⓒ 장석

1판 1쇄 발행 | 2020년 3월 3일
1판 2쇄 발행 | 2020년 4월 10일

지은이 | 장석
펴낸이 | 정홍수
편집 | 김현숙 임고운
펴낸곳 | (주)도서출판 강
출판등록 | 2000년 8월 9일 (제2000-185호)

주소 | 서울시 마포구 동교로 17안길 21 (우 04002)
전화 | 02-325-9566
팩시밀러 | 02-325-8486
전자우편 | gangpub@hanmail.net

값 13,000원
ISBN 978-89-8218-254-9   03810

이 도서의 국립중앙도서관 출판예정도서목록(CIP)은 서지정보유통지원시스템 홈페이지(http://seoji.nl.go.kr)와 국가자료종합목록시스템(http://www.nl.go.kr/kolisnet)에서 이용하실 수 있습니다. (CIP제어번호 : CIP2020007160)